발끝으로 서다

푸른도서관 14

발끝으로 서다

초판 1쇄/2006년 12월 15일
초판 9쇄/2020년 8월 25일

지은이/임정진
펴낸이/신형건
펴낸곳/(주)푸른책들
등록/제321-2008-00155호
주소/서울특별시 서초구 양재천로7길 16 푸르니빌딩 (우)06754
전화/02-581-0334~5 팩스/02-582-0648
이메일/prooni@prooni.com 홈페이지/www.prooni.com
인스타그램/@proonibook 블로그/blog.naver.com/proonibook

글 © 임정진, 2006

ISBN 978-89-5798-092-7 03810

이 도서의 국립중앙도서관 출판시도서목록(CIP)은 e-CIP홈페이지(http://www.nl.go.kr/ecip)와
국가자료공동목록시스템(http://www.nl.go.kr/kolisnet)에서 이용하실 수 있습니다.
(CIP제어번호: CIP2006002392)

발끝으로 서다

임정진 지음

푸른책들

혼란과 갈등 속에서도
자신의 꿈을 소중히 키워 가고 있는
십 대들에게 이 책을 바칩니다.

차례

*1

헤어스프레이

소녀 시절, 나는 발레가 내 삶의 전부라고 생각했다. 그러나 어른이 된 지금 나에게는 발레만큼 소중한 것들이 더 많아졌다. 발레에 관한 일이라면 인터넷 발레 동호회를 통해 접하고 있을 뿐이다. 그리고 가끔은 동호회에서 알게 된 어린 친구들에게 선배로서 내가 겪은 일들을 얘기해 주곤 한다.

하루는 '오데트'라는 어린 친구가 발레를 배우러 유학을 가고 싶다는 글을 게시판에 올렸다. 나는 오데트와 이야기하고 싶었다. 그래서 용기를 내어 그 친구에게 일대일 대화를 신청했다.

내 유학 시절은 오래 전 이야기이다. 내 경험이 그 친구에게 어떤 도움이 될지는 모르겠지만 나는 며칠에 걸쳐 유학 시절의

이야기를 오데트에게 털어놓았다. 오데트가 질문을 할 때마다 오래 전 기억들이 하나씩 떠올랐다. 기쁘기도 하고 슬프기도 했던 참으로 질긴 기억들…….

오데트 : 클라라 님, 유학 갈 때 가장 먼저 챙겨야 할 게 뭐죠?
클라라 : 헤어스프레이지.
오데트 : 에이, 농담하지 마세요.
클라라 : 진짜야. 난 그랬어.

나는 유학을 가서 처음으로 들어간 수업을 또렷이 기억하고 있다. 그 당황스런 분장실에서의 기억 말이다.

"재인아, 아빠 이제 간다. 잘 있어. 몸조심하고……."
"아빠……."
나는 사감 선생님 옆에 서 있었다. 아버지는 나를 맡기고 뒤로 물러섰다.
런던에 와서 일 주일 동안 아버지와 나는 매일 함께 지냈다. 학교는 런던에서 기차로 한 시간쯤 걸리는 캠벌리(Camberley)란 곳에 있었다. 이제 아버지는 집으로 돌아갈 시간이었다.
"아빠, 가지 마."

난 참았던 울음을 터뜨렸고, 사감 선생님은 내 손을 꼭 잡았다. 아버지는 내 머리를 가볍게 쓰다듬고는 뒤돌아서 교문 쪽으로 걸어가기 시작했다. 훗날 아버지는 그 때의 심정을 이렇게 말했다.

"비행기 시간은 촉박하지, 넌 계속 울기만 하지. 정말 어떻게 해야 할지 모르겠더라. 내가 왜 열두 살짜리를 거기까지 데리고 갔나 후회가 되기도 했어."

난 아버지가 떠나는 모습을 끝까지 지켜보지 못했다. 사감 선생님 손에 이끌려 3층에 있는 방으로 갔기 때문이다. 방문에는 'Dorm 16'이라고 쓰여 있었다. 기숙사(Dormitory) 16호실. 그 곳이 내가 있을 곳이었다. 영국도 처음이었고, 부모님과 떨어져서 아는 사람 하나 없는 곳에서 살게 된 것도 처음이었다. 내가 그런 곳에 가게 된 이유는 오직 하나, 발레 때문이었다.

방문 앞에서 난 울음을 그쳤다.

'엘름허스트 발레학교(Elmhurst Ballet School)' 3학년. 내가 선택한 위치였다. 아이들이 쳐다볼 텐데 울면서 들어갈 수는 없었다. 나약한 어린아이처럼 보이긴 싫었다.

사감 선생님이 내 등을 가볍게 두드리면서 말했다.

"제인(Jane), 무슨 일이 생기면 언제든 나한테 와. 항상 널 도와 줄 준비가 되어 있단다."

난 억지로 웃으며 혼자 방문을 열고 들어갔다. 방으로 들어서는 기분이 꼭 무대 위에 올라서는 기분이었다. 여섯 명의 아이들이 일제히 나를 쳐다보았다. 하지만 아무도 내게 말을 걸지 않았다. 다들 자기 짐을 정리하느라 바빴다. 난 신입생이었고 외국인, 게다가 동양인이었다. 그 애들과 나의 공통점은 나이가 열두 살이라는 것뿐이었다. 다른 애들은 방학 동안 집에 갔다가 다시 돌아온 날이었다.

　나는 짐을 침대 위에 올리고 대강 정리한 다음 주변을 슬쩍 둘러보았다. 누군가가 말을 걸어 올 때까지 기다릴 게 아니라 내가 먼저 말을 걸어야겠다고 생각했다. 나는 예쁘장하고 착해 보이는 아이에게 다가갔다. 그 아이는 첫눈에 보아도 발레리나라는 느낌을 강하게 주었다. 나는 일부러 목소리를 높여서 명랑하게 말했다.

　"내가 뭘 좀 도와 줄까?"

　"괜찮아. 다 끝났는걸. 난 루시야."

　"루시, 난 제인이야."

　난 손을 내밀었다.

　루시와 난 마주보며 웃었다. 루시는 내 예상대로 착한 아이였다. 그러자 모두들 우리 주변으로 몰려왔다. 그러고는 각자 자기 소개를 했다.

"난 디 데이비스. 넌 어디서 왔니?"

"대한민국."

"그래? 근데 영어를 꽤 잘하는구나?"

"미국에서 팔 년 살았거든."

그 때 나는 영국 사람들이 미국식 발음을 촌스럽게 생각한다는 걸 미처 몰랐다.

"난 케이티야. 넌 키가 작구나."

케이티도 나만큼이나 키가 작은 아이였다. 난 조금 당황스러웠지만 그냥 웃어 넘겼다. 발레 하는 사람에게 키가 작다는 말은 실례인데 케이티는 아무렇지도 않게 그런 말을 한 것이다.

"난 켈리. 만나서 반갑다."

여섯 명 가운데 켈리는 가장 뚱뚱했다. 발레학교에서는 조금만 뚱뚱해도 금방 눈에 띄었다. 다른 곳에서라면 보통으로 보일 체형도 발레학교에서는 굉장히 비대해 보였다.

"난 캐시. 넌 언제부터 발레를 했니?"

"초등 학교 삼 학년 때부터. 미국에서도 배우고, 한국에서도 배웠어."

"영국에 온 걸 환영한다."

"고마워."

"난 로즈마리야. 너 캐시의 성이 뭔지 아니? 러브리스

(Loveless)야. 무슨 뜻인지 알지?"

난 별 희한한 성(姓)도 다 있다고 생각했지만 아무 말도 하지 않았다. 캐시는 로즈마리에게 혀를 날름 내보였다.

"로즈마리, 난 내 성에 대해 아무 책임이 없어."

"하지만 우스운 건 사실이잖니?"

열두 살짜리 여자 아이들은 어느 나라에서나 좀 유치했다.

로즈마리는 거울 앞으로 가더니 머리를 빗으려고 머리핀을 뺐다. 로즈마리의 머리카락은 금발과 빨강의 중간 색이었다. 그다지 예쁜 색은 아니었다. 그러고 보니 내 검은 머리카락이 굉장히 색다르게 보였다.

그렇게 정신 없이 인사를 나누고 나니 마음이 한결 가벼워졌다.

'그래. 뭐, 얘들도 별 거 아냐.'

첫날, 우리는 '메를 파크 스튜디오(Merle Park Studio)'에서 실기 테스트를 받아야 했다. 세 그룹으로 나뉘어 발레 수업을 받게 된다고 했다. 가장 잘하는 그룹이 A그룹, 중간 정도 실력은 A1그룹, 좀 처지는 애들은 B그룹이 된다고 했다.

"학기마다 실기 테스트를 해서 그룹을 다시 정해 줘. A에 속했던 애들이 가장 긴장하지. 왜냐하면 떨어져서 A1로 가는 경우가 많거든. A1에서 A로 올라가는 애들도 분명히 있으니까."

말은 그렇게 했지만 루시는 긴장한 것처럼 보이지 않았다.

메를 파크 스튜디오는 연습실 중 가장 큰 방이었고, 밖에서 유리창을 통해 연습하는 모습을 볼 수 있게 되어 있었다. 탈의실에서 옷을 갈아입는데 너무 긴장해서 몸이 덜덜 떨렸다. 나는 꼭 A그룹에 들고 싶었다. 아니, 그래야만 했다. 어려운 형편에 내 고집대로 영국까지 보내 준 부모님을 생각하면 A그룹에서도 일등이 되고 싶었다.

급하게 타이츠와 레오타드(소매가 없고 몸에 꼭 끼는, 아래위가 붙은 옷)를 입었다. 머리카락을 올려서 가는 핀으로 차근차근 꽂고 있는데 아이들이 모두 머리에 무언가를 칙칙 뿌려 댔다.

"머리에 왜 그런 걸 뿌리니?"

"예쁘게 보이려고 그러지. 넌 헤어스프레이 없니?"

루시는 느긋한 표정으로 날 바라보면서 길쭉한 깡통을 들어 보였다. 난 그 때 헤어스프레이란 걸 처음 보았다. 다른 아이들은 모두 헤어스프레이를 뿌려서 머리카락이 한 올도 빠져 나오지 않게 머리 손질을 했다. 내 머리카락은 몹시 가늘고 힘이 없는 편인데 이마 근처의 잔머리가 사자 갈기같이 보이긴 그 때가 처음이었다.

"미안하지만 헤어스프레이 좀 빌려 줄래?"

"그래."

루시는 나에게 선뜻 자기 헤어스프레이를 빌려 주었다.

'언제 외출할 수 있는 거지? 외출하는 날 가장 먼저 헤어스프레이를 사야겠어.'

난 야무지게 그런 생각을 하면서 머리에 스프레이를 뿌렸다.

그런데 어찌된 일인지 내 머리카락은 다른 애들처럼 가지런하게 달라붙지 않았다. 루시의 헤어스프레이 한 통을 거의 다 썼는데도 다른 애들처럼 매끈하게 머리 손질이 되지 않았다. 당황한 나는 그만 화장실로 뛰어 들어가 울기 시작했다.

"아빠, 나 어떡해. 엄마, 엄마……."

난 울면서 머리를 만지고 또 만졌다. 거울을 보면서 머리카락에 침을 발랐다. 내 차례가 다가오는데 울고만 있을 수는 없었다. 머리에 침과 눈물과 수돗물과 헤어스프레이가 범벅이 된 채 난 간신히 눈물을 멈추고 다시 탈의실로 갔다.

그 사이 아이들은 화장까지 끝마치고 신발을 신고 있었다. 나는 화장을 해야 한다는 사실도 몰랐고 화장품도 없었다. 화장품까지 빌릴 수는 없다고 생각한 나는 신발을 꺼내 신으면서 아이들의 화장한 얼굴을 힐끔힐끔 쳐다보았다.

그런데 또 나를 긴장하게 만드는 사건이 있었다. 발레 신발이 내 것만 달랐던 것이다.

"루시, 그 신발은 뭐야?"

"응. 델코야."

내 신발은 전체가 부드러운 가죽으로 만들어진 것으로, 주로 초보자들이 신는 신발이었다. 그런데 아이들은 소프트 블록(soft blocks)인 델코(Delco)를 신고 있었다. 델코는 발가락이 닿는 앞부분은 가죽 신발처럼 부드럽고 밑창은 포인트 슈즈(Point shoes : 미국에서는 Toe shoes라 불림)처럼 딱딱하고 두꺼운 신발이었는데, 주로 포인트 슈즈를 신기 전에 발과 마룻바닥의 느낌을 느낄 수 있도록 훈련하는 중간 단계에서 신었다. 모두들 델코를 신고 테스트에 나가는데 나 혼자 가죽 신발을 신고 나가야 하는 게 어찌나 창피하고 화가 나던지 그 날의 기분을 떠올리면 지금도 얼굴이 화끈거린다.

테스트를 어떻게 받았는지 정신이 하나도 없었다. 어쨌든 끝내고 나니 조금 긴장이 풀리고 머리카락도 괜찮아 보였다. 테스트가 끝나고 다들 식당으로 차를 마시러 갔다. 영국 사람들은 틈만 나면 차를 마시는데 이 학교도 마찬가지였다. 수업을 두 시간 하고 나면 티타임 15분이 있었고, 오후 수업이 끝나면 4시부터 4시 반까지 30분간 또 티타임이 있었다. 오전 티타임엔 과자가 곁들여 나왔고, 오후 티타임엔 스펀지 케이크나 후르츠 케이크 한 조각이 딸려 나왔다.

나는 혼자서 차를 마셨다. 친절한 루시는 나에게 신발은 무얼 신든 크게 문제 될 게 없다고 위로했지만 귀에 들어오지 않았다. 차가 어떤 맛인지 하나도 느끼지 못한 채 그냥 조금씩 홀짝거리면서 다른 아이들을 쳐다보았다. 모두들 새 학기를 맞은 흥분으로 들떠 있었다. 100파운드(영국의 화폐 단위)나 주고 산 교복이 나와 그 애들을 같게 만들어 주길 바랐지만 난 하얀 드레스 위의 검은 단추처럼 눈에 띄게 달랐다.

나는 내 머리카락이 까맣고, 피부가 노랗고, 눈이 작다는 걸 미국에서는 그렇게 심각하게 생각해 본 적이 없었다. 미국에서 살 때는 동양 애들이 많았고, 무엇보다도 가족이 함께 있었기 때문에 아무것도 두렵지 않았다. 그런데 이 엘름허스트 발레학교는 달랐다. 모든 게 날 긴장하게 만들었다. 만일 내가 원해서 온 학교가 아니었다면 차를 마시다 말고 위경련이 일어나 쓰러졌을 것이다.

"안녕! 너, 동양에서 왔니?"

키가 큰 남자 애와 곱슬머리를 한 여자 애가 날 내려다보고 있었다. 난 억지로 웃었다. 이 학교에 다니려면 좋은 인상을 심어 줘야 할 필요가 있었다.

"응, 한국에서 왔어."

"그래? 그럼 너 중국말 할 줄 알아?"

"노, 아이 캔트(No, I can't)."

내 대답이 떨어지기가 무섭게 곱슬머리 여자 애가 쏘아붙였다.

"여긴 영국이야. 알아? '아이 캔트'가 아니고 '아이 컨트'라고 발음해. 알았어?"

"미안해."

"촌스런 양키 발음을 배워서 여길 오다니, 너 참 대단하구나."

난 얼굴이 빨개져서 잠자코 있었다. 키 큰 남자 애는 옆에서 웃고 있었다. 그러더니 곱슬머리 여자 애에게 말했다.

"이상하지? 동양에서 온 애가 영어는 할 줄 알면서 중국말은 왜 못 할까?"

나는 간신히 진정하고 점잖게 대꾸했다.

"한국에서는 한국말을 해. 그리고 난 미국에서 살았기 때문에 영어를 할 줄 아는 거야. 만약 내가 중국에서 살았다면 중국말을 배울 수 있었겠지."

"아무튼 조심해. 영국에 왔으니까 영국식 영어를 배우는 게 당연하잖니."

"충고해 줘서 고마워."

난 곱슬머리 여자 애에게 천천히, 또박또박 말했다. 그 때 내가 앉은 식탁 쪽으로 어떤 여학생이 다가왔다.

"너희, 왜 그러니? 이 애는 신입생이야. 너희가 이렇게 못살게 굴면 우리 학교를 어떻게 생각하겠어?"

나를 골탕먹이려던 두 아이는 자기들끼리 눈짓을 하더니 다른 곳으로 가 버렸다.

"난 오 학년이야. 이름은 브리짓드. 넌 이름이 뭐니?"

"제인 강. 도와 줘서 고마워요."

"쟤들이 짓궂게 굴어서 난처했지?"

"내가 쓰는 영어가 그렇게 이상해요?"

"영국의 북부 사투리보다 훨씬 알아듣기 쉬워. 걱정 마. 곧 익숙해질 거니까. 여기 온 걸 환영한다."

날 환영한다는 말에, 나는 그만 울컥해졌다.

"수업 끝나고 또 만나자. 난 수업 들어가야 해. 안녕."

1, 2, 3학년인 주니어 그룹과 4, 5, 6학년인 시니어 그룹은 시간표가 달라서 식당을 쓰는 시간도 달랐다. 그 날은 개학 첫날이라 시니어의 티타임이 여유 있었던 모양이었다. 아무튼 나에게 선배인 브리짓드의 등장은 생각지 못한 행운이었다.

오후엔 강당에 모여서 포인트 슈즈 주문을 했다. 3학년부터는 포인트 슈즈를 신고 연습하는 시간이 있기 때문에 미리 신발을 맞추어야 했다. 줄을 서서 한참을 기다렸다. 발을 재는 일이 생각보다 시간이 많이 걸렸기 때문이다. 뒤꿈치의 높이, 발가락의 길이, 발 길이, 발 폭, 발 두께 등을 일일이 다 쟀다. 발을 온통 수색당하는 기분이 들 정도로 많은 숫자가 내 발에서 나왔다. 포인트 슈즈는 자기 발에 딱 맞지 않으면 발목을 삘 위험이 많고, 잘 맞는 신발을 신으면 그만큼 수월하게 발레를 할 수 있다. 그래서 꼼꼼하게 치수를 재는 것이 중요했다.

저녁 식사는 일곱 시였다. 수업이 끝나면 교복을 입지 않기 때문에 점심 시간과는 달리 제멋대로 옷을 입은 아이들이 식당을 가득 메우고 있었다. 영국 아이들도 교복을 좋아하지 않았다. 영국에서는 선생님들이 체벌을 해서는 안 되기 때문에 학생들이 잘못을 하면 하루 종일 교복 입는 벌을 준다. 수업이 끝나고 잠자리에 들기 전까지 기숙사 안에서도 교복을 입고 있자면 정말 고역이었다. 일 주일 동안 교복 착용을 벌로 받으면 얼마나 괴로운지 모른다.

저녁 식사가 끝나고 식당 밖으로 나오자 브리짓드 선배가 나를 기다리고 있었다. 주니어들은 숙제 시간이 한 시간 있고, 열 시엔 불을 다 끄고 자야 했다. 브리짓드와 긴 얘기를 할 시간이 없었다. 식당에서 기숙사까지 천천히 걸어가면서 브리짓드는 내게 학교에 대해 이것저것 설명해 주었다.

"메를 파크 스튜디오 가 봤지? '메를 파크' 는 우리 학교 출신의 로열 발레단 수석 무용수였어. 대단한 사람이지. 우리 학교에서 가장 좋은 연습실에 그의 이름을 붙인 것도 그런 이유야. 그런데 로열 발레학교에 다니다 여기로 오는 애들도 많아. 거긴 학기마다 학생들을 솎아 내거든. 기량이 조금만 떨어지면 가차 없이 쫓아 내. 그에 비하면 우리 학교는 일부러 쫓아 내지는 않으니까 안정적으로 레슨을 받을 수 있어. 음악, 연극, 뮤지컬도 골고루 해 볼 수 있고. 이름은 발레학교지만 발레가 아닌 길로 나갈 애들도 많이 오지. 난 뮤지컬에 관심이 많아. 참, 너 예전에 기숙사 생활 해 본 적 있니?"

"이번이 처음이에요."

"그렇구나. 주말이 가장 힘들 거야. 오 학년은 그래도 세 명 이상 모이면 주말마다 외출을 나갈 수 있어. 교복을 입어야 하지만 말이야. 워크맨도 가질 수 있고. 그런데 주니어들은 외출이 별로 없어서 견디기 힘들 거야."

"괜찮아요. 난 놀려고 이 곳에 온 게 아니니까요."

"삼 학년인데 벌써부터 공부만 하려고? 너 혹시 공부벌레니? 오 학년이야 G.C.S.E 시험(General Certificate of Secondary Education : 영국의 대입 자격 시험)을 봐야 하니까 그렇다 쳐도 삼, 사 학년들이 뭐 그렇게 열심히 공부할 필요가 있겠어?"

"G.C.S.E 시험이 꽤 어렵다고 들었어요. 그게 대학 입학할 때 필요한 시험이죠?"

"응. 그 점수 가지고 대학도 가고 취직도 해야 하니까 중요하지. 그건 그렇고, 너 내 패쉬렛(pashlet) 할래?"

"그게 뭔데요?"

"자매처럼 지내는 거야. 서로 걱정해 주고 이야기도 하고. 나는 너의 패쉬(pash)가 되는 거고, 넌 나의 패쉬렛이 되는 거지. 요즘 유행이야."

"좋아요."

난 패쉬가 생겼다는 기쁨을 안고 16호실로 돌아왔다. 나중에 알고 보니 학교마다 그 명칭이 다 달랐다. 기숙사 학교에서는 친한 학생들끼리 패쉬 같은 관계를 맺는 것이 보편적이었다. 가족과 떨어져 있고 외출도 자주 못 하기 때문에 학교 안에서의 인간관계에 더욱 애착을 갖게 되는 모양이었다. 그 날 저녁부터 난 일기를 쓰기 시작했다. 무엇인가에 내 마음을 붙잡아 두어야 했기 때문이다.

그 무렵, 나는 매일 밤 일기를 쓰면서 울다가 잠드는 날이 많았다. 아이들은 겉으로는 내게 친절했지만 진심으로 마음을 열지는 않았다. 오히려 5학년 선배들과 선생님들이 날 좋아했다. 내 공손한 태도는 선생님들을 감탄시켰다. 한국에서는 너무나 기본적인 예의도 영국에서는 혜성처럼 돋보였다. 영국 학생들은 선생님을 조금도 어려워하지 않았다.

동양에서 열두 살짜리 꼬마가 왔다는 소문은 5학년 선배들의 동정심을 자극했던 모양이다. 일 주일도 안 되어서 난 5학년 선배 일곱 명을 패쉬로 삼을 수 있었다. 난 선배들이 '내 패쉬렛이 될래?' 하고 물으면 기꺼이 그러겠다고 했다. 나중엔 무슨 기념일마다 일곱 명의 패쉬에게 카드와 선물을 보내느라 늘 용돈이 모자랐다.

5학년은 서른다섯 명 정도였고, A와 B 두 반으로 나뉘었다. 난 B반이었고, 남자 애 세 명은 몽땅 B반에 속해 있었다. 3학년 남학생은 세 명뿐이었다. 전교생이라고 해야 삼백 명 남짓이고 거의 기숙사 생활을 했기 때문에 서로 얼굴을 다 아는 처지였다. 남학생들은 날 놀림감으로 삼는 일이 많았다.

테스트 결과가 나왔다. 난 A그룹에 들지 못하고 A1그룹에 배정받았다. 난 몹시 실망했지만 A1그룹의 선생님인 미스 허스트가 맘에 들어 곧 안정을 찾았다. 그리고 다음 학기엔 반드시 A그룹에 들겠다는 다짐을 했다.

발레 수업은 몹시 힘들었다. 미국이나 한국에서 배운 것과는 달랐다. 테크닉 하나하나, 목 동작, 시선, 손 처리 등 무엇 하나 대충 넘어가는 법이 없어서 지루할 정도로 철저하게 연습해야 했다.

3학년은 프리엘리멘터리(pre-elementary) 코스를 연습해야 했다. 프리엘리멘터리 코스는 R.A.D(Royal Academy of Dance : 왕립무용학술원)라는 국제적인 발레 자격 시험 기관에서 치르는 시험 가운데 가장 쉬운 코스였다. R.A.D 자격증은 발레단에 들어갈 때나 발레 교사로 취직할 때 꼭 필요한 기본 자격증 역할을 하는 것이었다.

R.A.D에서 나온 두꺼운 책에는 각 코스 별로 시험 보는 스텝이 나와 있다. 평가는 5단계로 이루어지는데, 그냥 합격 수준은 패스(pass), 이보다 조금 나은 수준은 패스 플러스(pass +)를 받는다. 가장 잘하는 사람은 명예상(honours)을 받고, 하일리 코멘디드(highly commended)가 그 다음 단계로 잘하는 것이다. 런던 본사가 점수를 가장 짜게 준다는 소문이 났기 때문에 우리 학교에서는 맨체스터로 가서 시험을 치는 경우도 있었다. 평가는 매우 엄격해서 명예상을 받는 학생은 한 학교에서 한두 명뿐이었고 꽤 잘해야 패스 플러스 정도였다. 발레학교에서 발레 교사를 하려면 R.A.D 책을 몽땅 암기해야 한다고 했다. 한 코스의 스텝을 외워서 시험 보기도 어려운데 그걸 다 외워야 한다니 생각만 해도 머리가 아팠다.

영국식 영어에 조금 익숙해지자 나는 아이들의 억양에 따라 출신 지역과 계층을 알 수 있게 되었다. 조금 특이한 점은 출신 지역뿐만 아니라 상·중·하층의 사회적 신분에 따라 억양이

다르다는 것이었다. 억양을 구분해서 들을 정도가 되었을 때, 내 앞에 새로운 인물이 나타났다. 아니, 내가 찾아 냈다.

티타임에 식당에 가기 싫어 시니어들이 연습하는 걸 보려고 메를 파크 스튜디오로 간 날, 거기서 나는 루펏을 발견했다. 5학년 남학생인 루펏은 키가 크고 잘생기고, 무엇보다도 발레를 매우 잘했다. 난 첫눈에 루펏이 좋아졌다. '우리 학교에서 가장 인기가 많고 발레도 잘하는 남자 애가 루펏' 이란 브리짓드 선배의 말처럼 루펏은 한눈에 들어왔다. 난 용기를 내어 옆에 서 있는 아이에게 물었다.

"저 남학생이 루펏이니?"

"응. 끝내 주지?"

난 얼굴이 화끈거리는 걸 느끼면서 티타임이 끝날 때까지 그 수업을 참관했다. 그리고 어떻게 하면 루펏과 인사를 나눌 수 있을지 고민했다.

브리짓드 선배와 나는 더 친해졌다. 난 외로웠고, 브리짓드 는 정이 많았다. 5학년과 6학년은 각각 2년 과정이었는데 우리 학교엔 6학년이 별로 많지 않아서 5학년이면 고참 대접을 받았 다. 주니어들은 5학년 선배들 앞에서 꼼짝도 못 했다. 연습실 이나 탈의실에서 마주치면 문도 열어 주고 장난도 잘 치지 않 았다. 그런데도 브리짓드 선배는 내게 친언니처럼 대해 주었고, 항상 신경을 써 주었다.

"내가 루펏한테 네 얘기했거든. 그랬더니 내일 너 레슨 하는 거 보러 온댔어."

"정말?"

난 마치 사랑 고백이라도 받은 것처럼 가슴이 떨렸다. 동양 꼬마 애가 왔다니까 호기심에 한 번 구경하러 오는 것뿐이겠지만, 나는 마냥 좋기만 했다.

그 날의 일기를 보면 그 때 내가 얼마나 흥분했는지 알 수 있다.

학과 공부 시간은 빨리 끝나는 것 같다.

발레 레슨과 탭 댄스를 한 뒤, 메는 파크 스튜디오에서 프리엘리 멘터리 수업을 연달아서 했다. 위에서 남학생들이 보고 있어서 배에 더욱 더 힘을 주고 열심히 연습을 했다. 그런데 루펏이 내 이름을 부르면서 손을 흔들었다. 혹시 나를 좋아하는 걸까?

루펏은 무척 잘생겼다. 친하게 지내고 싶은데 나는 너무 어리고, 다른 여자 애들에 비해서 예쁘지가 않아서 자신이 없다.

어쨌든 루펏같이 멋진 애를 만나다니, 정말 기분이 좋다!

티타임 때나 연습실, 복도, 정원에서 가끔 루펏을 만날 수 있

었다. 루펏이 나를 아는 체하는 날은 하루 종일 가슴이 콩닥콩
닥 뛰었다. 하지만 친구들과의 사이는 별로 나아지지 않았다.

입학 전, 학교에서 준 안내문에는 교복 외에 평상복은 긴 바
지 세 벌, 짧은 바지 한 벌, 스커트 두 벌, 양말 다섯 켤레, 신발
세 켤레, 내의는 다섯 벌씩, 셔츠나 스웨터는 세 벌만 갖고 오라
고 쓰여 있었다. 그리고 잠옷과 나이트가운, 이불과 담요도 하
나씩 준비해야 한다고 했다. 평상복의 수를 제한하는 것은 기
숙사 안에 옷을 넣어 둘 수납 시설이 충분하지 않기 때문이라
고 했다. 다른 아이들은 가끔씩 집에 들러서 철마다 옷을 바꿔
올 수가 있지만 나는 그럴 수가 없었기 때문에 입학할 때 옷을
있는 대로 다 챙겨 왔고 잠옷과 나이트가운도 새로 샀다.

처음 영국에 와서 일 주일간 런던에서 머무는 동안, 나는 아
버지와 함께 존 테일러 백화점에 가서 교복을 샀다. 백화점 한
층이 모두 교복 매장이었는데 영국 내 거의 모든 학교의 교복
을 다 구할 수 있었다. 그리고 교복 외 다른 것을 사기 위해 우
리는 런던에서 가장 큰 백화점이라는 해로즈백화점에 갔다. 아
버지와 나는 여기저기 구경하다가 예쁜 잠옷을 골랐다. 내가
고른 건 잠옷과 가운이 세트로 된 것이었는데 밑단에 레이스가
달려서 정말 예뻤다. 'Made in Taiwan'이라고 쓰여 있는 게 좀
섭섭했지만 ─ 영국제이길 바랐다. ─ 50파운드를 주고 그걸 샀

다. 그 때 나는 환율을 잘 몰라서 50파운드가 얼마나 큰돈인지 몰랐다.

"제인, 네 잠옷 참 예쁘다."

우리 방에서 가장 멋쟁이인 로즈마리가 내 잠옷을 보고 말했다. 난 기분이 좋았다.

"응, 아빠랑 해로즈백화점에서 산 거야."

"뭐? 해로즈백화점? 그럼 비싸겠네."

"오십 파운드 줬어."

"맙소사, 오십 파운드? 너 굉장히 부자구나."

그러자 다른 아이들까지 눈이 휘둥그레져서 날 쳐다보며 한 마디씩 했다.

"와, 제인 아빠는 부자인가 봐."

"내 건 십이 파운드야. 잠옷을 오십 파운드나 주고 사다니……."

난 좀 당황했다. 나중에 생각해 보니 아버지는 나에게 작별 선물을 하는 셈 치고 비싼 것을 사 준 것 같았다.

"아냐, 우리 아빠는 부자가 아냐. 그냥 예뻐서 사 주신 거야."

아이들의 놀라는 표정을 보고서야 난 내 잠옷이 터무니없이 비싼 것임을 알아차렸다.

"부자도 아닌데 해로즈에 가다니……."

누군가 삐죽거리는 투로 중얼거렸다.

"해로즈는 부자만 가는 곳이니?"

"너 그 앞에 리무진 서 있는 거 못 봤어? 롤스로이스랑 벤츠랑 다 기사 딸려 있는 거 말이야."

난 무안하고, 약도 오르고, 창피하기도 했다. 비싼 잠옷을 사 입은 것이 그렇게 놀림감이 될 줄은 몰랐다. 단번에 분수를 모르는 사치스런 아이로 찍혀 버린 것이다. 나는 어떻게 해야 할지 몰랐다. 기숙사에서 혼자 있을 수 있는 곳은 화장실뿐이었다. 화장실에 들어가 화끈거리는 얼굴을 진정시키고 나오는데 잠옷의 레이스 박음질이 저절로 후르르 풀렸다.

'어유, 미치겠네.'

방에 들어가서 아이들이 보는 앞에서 레이스를 꿰맬 생각을 하니 등에서 식은땀이 날 지경이었다. 난 박음질이 안 풀린 곳까지 잡아 뜯어 레이스를 떼어 쓰레기통에 버리고 아무렇지도 않은 얼굴을 하고 방으로 들어갔다.

3주째 되는 주말엔 외박이 허락되었다. 스페인이나 이탈리아에서 온 아이들도 친구네 집에서 하룻밤을 지내고 일요일 저녁 일곱 시까지 학교로 돌아오기로 했다. 그러나 난 갈 곳이 없었다. 아무도 날 초대하지 않았다.

난 빨래를 하고 욕조에서 실컷 목욕을 했지만 일요일 오후는 정말 심심했다. 빈 학교가 무서울 정도였다. 행정관 앞까지 갔다가 다시 강당으로 걸어가고, 기숙사 앞에서 햇볕을 좀 쪼이다가 스튜디오로 들어갔다. 스튜디오에 쭈그리고 앉아 허스트 선생님이 가르쳐 준 동작을 하나하나 되새겨 보았다. 허스트 선생님은 질릴 정도로 꼼꼼하고 정확하게 가르쳐 주기 때문에 내겐 큰 도움이 되었다. 일어서서 연습을 조금 해 보았지만 음악이 없어서인지 동작이 잘 만들어지지 않았다.

"무용수는 자기의 몸만큼 음악을 이해해야 해. 리듬을 느끼며 동작을 해야 해. 특히 클래식 발레에선 음악도 춤의 일부야. 음악을 사랑하지 않고서는 진정한 발레리나가 될 수 없지."

허스트 선생님은 수업이 끝날 때면 학생들이 먼저 피아노 연주자에게 인사를 하도록 시켰다. 우리 학교엔 피아노 연주자가 열다섯 명 있었다. 발레 연습에 필요한 곡은 무엇이든지 즉석에서 쳐 주는 피아노 연주자들은 선생님과 학생들의 호흡을 누구보다도 민감하게 느끼고 있었다. 우리가 음악에 끌려가는 것이 아니라 우리가 하는 동작에 맞춰 음악이 흘러나왔다.

한국에서 카세트테이프를 틀어 놓고 연습했던 나로선 10여 명의 학생을 위해 피아노 연주자가 항상 생생한 음악을 연주해 준다는 게 무척 신기했다. 동작을 봐 주다 말고 선생님이 카세트 플레이어로 달려가는 일이 없다는 게 참 좋았다. 또 같은 동작을 반복해서 연습할 때도 카세트테이프를 되감기 위해 기다릴 필요가 없었다. 피아노 연주자가 선생님의 지시에 따라, 천천히 또는 빠르게 연주를 해 주니까 녹음된 음악과는 비교할 수가 없었다.

영국에서는 발레단을 위한 오케스트라가 당연한 것으로 여겨지는데 한국에서는 제법 큰 발레단의 정기 공연에서도 녹음된 음악을 사용하는 경우가 많았다.

일요일 오후, 나는 텅 빈 스튜디오의 마룻바닥에 앉아서 '내가 왜 여기 와 있나?'를 다시 한 번 생각해 보았다. 마룻바닥에 햇살이 기울어져서 비추는 걸 물끄러미 내려다보면서 내가 여기까지 오게 된 과정을 돌이켜 보았다. 마치 신기한 인연이 나를 여기까지 데리고 온 것 같았다. 내가 바라던 일이기도 했지만 내 힘만으로 이루어진 일은 아니라는 생각이 들었다.

오데트 : 클라라 님이 영국 생활에 빨리 적응할 수 있었던 건 미국에서 살았던 경험이 있었기 때문이군요. 우와, 좋았겠다!

클라라 : 좋은 점도 있었지. 하지만 힘든 점이 더 많았어.

오데트 : 영국으로 발레 유학 갈 생각은 어떻게 한 거예요? 모나

코나 러시아 등 다른 나라도 있잖아요.

클라라 : 우연히 만난 사람이 나를 그리로 보냈어.

오데트 : 말도 안 돼.

클라라 : 지금 생각해도 참 이상한 인연이었어. 진짜 신기해.

영국에 가기 전, 나는 한국과 미국, 쿠웨이트에서 학교를 다녔다. 계속 새로운 환경에 적응하기는 정말 어려웠다.

*2
춤추는 게 좋아

내가 수출입 종합상사에 다니는 아버지를 따라 미국으로 간 건 네 살 때였다. 하지만 그 때 나는 너무 어려서 샌프란시스코에서의 생활은 거의 기억이 없다. 그 뒤 4년 만에 다시 서울로 왔고, 난 초등 학교에 들어갔다.

1학년 여름방학에 아버지의 직장 때문에 우리 가족은 다시 뉴욕으로 가게 되었다.

뉴욕에서 난 피아노를 배우기 시작했는데 몇 달도 안 되어서 싫증이 났다. 악보를 보고 그대로 정확하게 손가락을 움직이는 일이 조금도 재미있지 않았다. 어머니는 누구나 교양으로 피아노를 배워야 한다고 생각했다. 난 그런 어머니의 생각에 함부로 대항할 수는 없고 피아노는 치기 싫고, 정말 괴로웠다.

피아노 선생님은 내 찡그린 얼굴을 펴 주려고 우스갯소리도 하면서 열심히 피아노를 가르쳐 주었지만 난 하나도 재미있지 않았다. 어느 날 나는 어머니가 기분 좋은 때를 잡아 말했다.

"엄마, 나 정말 하기 싫어."

"뭐가?"

"피아노 치는 거 너무 싫어."

나도 모르게 눈물까지 글썽였다. 유난히 음악을 좋아하는 어머니에게 그런 말을 하는 건 정말 죄송스러운 일이기도 했다.

"그렇게 싫어?"

"응."

"바보구나. 그렇게 하기 싫은데 왜 지금까지 참았니?"

난 금세 얼굴이 펴져서 어머니에게 안겼다.

"그럼, 이제 안 해도 돼?"

"그래. 그럼 넌 뭐가 하고 싶니? 네가 하고 싶은 걸 배워."

"탭 댄스를 배우고 싶어!"

난 신이 나서 외쳤다. 우리 반에 제니나라는 아이가 있었는데 가끔 교실에서 탭 댄스를 추었다. 난 그 아이의 특기가 몹시 부러웠지만 탭 댄스를 배우고 싶다는 생각을 해 본 적은 없었다. 그런데 피아노 대신 무언가 하고 싶은 걸 말해야 했고, 그때 나도 모르게 탭 댄스를 배우고 싶다고 말해 버렸다. 어머니는 여름방학이 되자 나를 '로버트 만 댄스 센터'라는 곳에 데려가 춤을 배우게 해 주었다.

그 때 왜 나는 탭 댄스를 배우고 싶다고 했을까? 다른 일에는 고집이 센 어머니는 그 때 왜 내 뜻을 따라 주었을까? 지금 생각해도 이상한 일이었다. 즉흥적인 말 한 마디로 내 인생은 갑자기 방향을 틀었다.

로버트 만 댄스 센터에서는 발레가 모든 춤의 기본이고, 나이가 어린 아이들은 발레로 몸의 골격을 균형 있게 다듬을 필요가 있다고 강조하면서 누구든 처음에는 발레를 배우게 했다. 내가 생각한 탭 댄스는 아니었지만 재미있었다. 1년에 한 번 있는 발표회 때 어린 교습생들은 발레 슈즈와 타이츠를 신고 발레 기본 동작을 보여 주게 되었다. 근처의 대학 강당을 빌려서 발표회를 했는데 난 처음으로 어른 관객들 앞에 서게 되었다.

"제니퍼, 굉장하지?"

"응. 나 무척 떨려."

흑인 친구였던 제니퍼는 내 공연을 보러 왔는데 나보다 더 긴장했다. 학교 친구들은 모두(모두라고 해야 열세 명이었지만) 내가 무용 배우는 걸 알고 있었고, 난 늘 새로 배운 스텝을 친구들 앞에서 보여 주곤 했다. 하지만 진짜 무대에서, 부모님들이 객석에 앉아 있는데 공연을 한다는 사실이 날 짜릿하게 했다.

'와, 난 이제 발레리나야.'

나는 정말 발레리나가 된 기분이었다. 무대 위에서의 5분 남짓한 공연은 나에게 잊을 수 없는 시간이 되었다. 나는 더 큰 욕심이 생겼다.

'진짜 발레리나가 되어야지. 큰 무대에서 멋지게 춤추고, 관객들이 나를 향해 박수를 치는 거야.'

무대 예술을 하는 사람들은 조금씩 그런 종류의 환상을 갖고 있다. 무대, 관객, 나, 박수. 그것들이 하나로 합쳐진 황홀감. 그 멋진 순간을 누리기 위해서 '끼'가 생기는 건지, 끼가 있어서 그런 욕심을 갖는 건지 그건 잘 모르겠다.

1983년, 아버지는 다시 서울로 가자고 했다. 이제 간신히 영어도 어느 정도 능숙해지고, 무용 배우는 것도 재미있고, 친구들과도 한참 잘 지낼 때였다.

"아빠, 서울 안 가면 안 돼?"

"재인아, 아빠는 회사에서 원하는 곳에 가서 일해야 하는 사람이야."

"하지만 친구들과 또 헤어져야 하잖아. 간신히 친해졌는데."

"재인이 말도 맞아요. 애가 적응할 만하면 떠나니 교육상 안 좋아요. 다시 한국에 가면 수업도 못 따라 갈 거예요. 여기서 영어 배우고 적응하느라 기껏 애썼는데 ······."

어머니도 옆에서 거들었다.

"그럼 나 혼자 한국에 가란 말이야? 셋은 여기서 살고? 그게 말이 돼?"

아버지는 버럭 화를 냈다. 그래서 우리는 다시 한국에 가야만 했다. 다른 방법이 없었다. 친구들과 헤어져야 한다는 게 너무 슬펐다.

"제니퍼, 그레이스, 크리스, 잘 있어. 나 한국에 간다."

"오, 맙소사. 제인."

친구들은 날 붙잡고 엉엉 울었다. '리디머 루터란 초등 학교 (Redeemer Lutheran Elementary School) 4학년 제인(Jane) 강' 의 시절은 울음바다로 끝을 맺었다.

다시 서울로 온 나는 집 근처의 사립 초등 학교에 들어가게 되었다. 어머니는 사립학교가 비싸지만 그래도 학생 수가 적어서 내가 적응하기 쉬울 거라고 생각했던 것 같다. 나는 4학년이었지만 언어 문제 때문에 3학년에 들어가게 되었다. 일상적인 짧은 대화는 문제가 없었지만 학교에서 배우는 낱말이 너무나 생소해 3학년도 벅찰 지경이었다. 게다가 산수는 정말 끔찍했다. 미국에서는 아주 쉬운 것만 배웠는데 한국에 오니 아이들이 모두 산수 박사 같았다. 나는 한글을 읽고 쓰는 것도 다른 아이들과 비교하면 너무 형편없었다.

전학 수속을 마치고 처음 교실에 들어갔을 때가 생생히 기억난다.

난 미니스커트를 입고 귀고리를 했다. 그 때 미국에선 미니스커트가 유행이었고, 귀를 뚫고 귀고리를 하는 것은 다섯 살짜리에게도 흔한 일이었다.

"이 친구는 강재인이에요. 미국에서 팔 년간 살다 와서 여러 가지로 불편한 점이 많을 거예요. 여러분이 잘 도와 주세요. 알았죠?"

선생님의 소개가 끝나자 난 고개를 숙이고 인사를 했다. 바로 아이들이 수군거리는 소리가 들렸다.

"우와, 쟤 귀고리 한 거 봐."

"미쳤어. 저런 짧은 치마를 입고 학교에 오다니."

난 속으로 이렇게 생각했다.

'웬 학생들이 이렇게 많지?'

한 교실에 많아야 열다섯 명이 앉아 공부하던 미국과는 달리 한국에서는 한 교실에 사십 명쯤 되는 아이들이 앉아 있어서 무척 많아 보였다. 나는 가장 뒷줄에 앉게 되었다. 내가 키가 컸고, 빈 자리가 거기밖에 없었기 때문이다.

"너 이름 뭐야?"

내가 짝에게 묻자 내 목소리를 듣고 아이들이 까르르 웃었다.

"와, 쟤 한국말도 한다."

"제법인걸?"

날 쳐다보며 웃는 아이들이 어쩐지 무서웠다. 그 날부터 난 항상 아이들의 입에 오르내렸다. 예쁜 옷을 입고 온다고 미워하고 예쁜 핀을 꽂았다고 미워했다. 난 어찌할 바를 몰랐다. 게다가 남학생들에게 인기가 좋자 여학생들은 날 눈엣가시로 여겼다.

6학년 중에 박찬형이라는 오빠가 있었는데, 공부도 잘하고 잘생긴 데다 아침마다 교문 앞에 서서 이름표 검사를 하는 주번 대장이었다. 그 오빠가 나에게 몇 번 말을 붙이자 '찬형이가 재인이를 좋아한다.'는 소문이 퍼졌다.

아침 자습 시간에 6학년 언니 다섯 명이 날 불러 냈다.

"네가 강재인이니?"

난 너무 무서워서 조그맣게 '네'라고 대답했다.

"너 왜 남자 애들한테 꼬리치고 다니니?"

사납게 생긴 언니가 계속 다그쳤다.

"전 그런 적 없어요."

난 정말 겁이 났지만 침착하게 대답했다.

"찬형이는 내 남자 친구야. 알겠니? 그리고 너 앞으로 미니 스커트 입고 학교 오지 마."

"왜요?"

"그런 걸 입고 다니니까 남자 애들이 자꾸 널 쳐다보잖아. 한번만 더 입고 와 봐라. 그 때는 무슨 일 나는 줄 알아!"

6학년 언니들은 나를 위아래로 훑어보고는 가 버렸다. 나는 다리가 후들거리고 머리가 아팠다. 너무 무서워서 선생님께 아프다고 거짓말을 하고 조퇴를 했다.

"엄마!"

집에 오자마자 난 어머니를 붙잡고 엉엉 울기 시작했다.

"재인아, 왜 그래? 어디 아프니?"

어머니는 놀라서 물었다. 난 한참을 울다가 가까스로 울음을 그치고 어머니에게 화를 내며 말했다.

"엄마는 날 왜 이상한 학교에 보냈어? 나 학교 안 갈래."

"애들이 또 놀렸니?"

"시험만 보면 삼십 점, 사십 점 맞으니까 반에서 꼴등이잖아. 그리고 청소를 왜 우리가 해야 돼? 미국에선 학생들이 공부만 하고 집에 가는데 여기선 왜 걸레를 빨고 빗자루로 청소를 해야 하는 거야? 걸레는 만지기도 싫어. 얼마나 더러운데. 그리고 교실에 애들이 너무 많아. 답답해서 숨도 못 쉬겠어. 게다가 내 짝은 외국 물건만 쓴다고 나를 째려 봐. 머리핀이랑 옷이랑 다 외제라고 국산품 좀 쓰래. 그럼 엄마, 내 거 다 버리고 새로 사야 돼? 그리고……."

"그리고 또 뭐?"

"선생님이 자로 학생들 손바닥을 때린단 말이야. 야만적이야. 또 남자 애들은 내 치마를 들추고 도망가. 너무너무 화가 나서 학교 못 다니겠어."

"그렇다고 조퇴를 하고 와? 그게 말이 돼?"

"엄마는 안 당해 봐서 몰라. 애들이 다 이상해. 나만 못살게 굴잖아."

"너도 참. 애들이 널 부러워하고 좋아해서 그런 거야. 철이 없기로 따지면 그 애들이나 너나 마찬가지야. 조금 지나면 익숙해질 거야. 한국하고 미국하고 문화가 다르니까 그런 거야."

"싫어! 익숙해지기 싫어! 난 여기서 학교 못 다니겠어."

난 마구 악을 썼다. 정말이지 학교도 친구도 다 싫었다. 내 편을 들어주지 않는 어머니의 태도에도 화가 났다.

"재인아, 지금은 처음이라서 그래. 조금 있으면 친구들이랑 친해져서 다 좋아질 거야. 그리고 청소하는 거랑 손바닥 맞는 거는 우리 나라에선 당연한 거야. 엄마가 어렸을 때도 그랬어. 괜찮아."

"엄마, 우리 다시 미국 가자."

"철없는 소리 그만 둬. 다시 미국 갈 거면 여기 안 왔지. 무용학원 알아봤어. 엄마랑 거기나 가자."

난 '무용학원'이란 말에 귀가 번쩍 뜨여 금세 화가 풀렸다.

"어딘데? 어떤 선생님이래?"

아, 난 왜 무용을 잊고 있었지?

'신연희 무용학원.'

나는 간판만 보고도 입이 벌어졌다.

다음 날, 나는 아무 일 없었던 것처럼 다시 학교에 갔다. 학교 생활이 재미없기는 마찬가지였지만 수업이 끝나고 무용학원에 갈 생각을 하니 조금 위안이 되었다. 담임 선생님은 권위적이고 무서운 분이었지만 나한테만은 친절했다. 시험을 잘 못 봐도 '재인이는 괜찮아. 할 수 없지.' 하고 그냥 넘어갔다. 그 때만 해도 외국에서 살다 온 학생이 많지 않은 때라서 선생님도 나 같은 학생을 어떻게 다루어야 할지 모르는 듯했다. 나는 국어뿐 아니라 사회나 자연 등 다른 과목도 모르는 말투성이라 수업 시간이 괴롭기만 했다. 그나마 음악과 체육 시간은 즐거웠다.

아이들이 고무줄놀이를 하고 공기놀이를 하는 게 신기해 보이지 않을 무렵, 난 4학년이 되었다. 공기놀이보다 더 신기한 제기차기를 제법 능숙하게 할 수 있을 정도로 학교 생활에 적응했다.

하지만 사사건건 나에게 시비를 거는 여자 애들과는 잘 어울리지 못했다. 대신 남자 애들과 축구나 제기차기를 하며 개구쟁이처럼 놀았다. 남자 친구가 많이 생기자 나는 학교 가는 일이 훨씬 즐거워졌다. 무용학원에도 열심히 다녔다. 중학교, 고등학교에 다니는 언니들만큼 잘하려고 애를 썼다.

발레에서 쓰는 용어들도 부지런히 외웠다. 발레 용어는 거의 프랑스어이기 때문에 발음하기가 어려웠지만, 부드럽고 멋진 말이라는 생각이 들었다. 브라바(Bras bas), 발랑쎄(Balance), 앙트리샤(Entrechat) 같은 발레 스텝을 서툰 프랑스어 발음을 해가면서 친구들 앞에서 자랑했다. 그래서 여자 애들이 나를 더 미워한다는 걸 그 땐 미처 깨닫지 못했다.

9월에는 운동회가 있었다. 난 키가 가장 크다는 이유만으로 이어달리기 선수로 뽑혔다. 남자 선수 두 명, 여자 선수 두 명이 한 팀이 되어 이어달리기를 하는 것이었다. 난 마지막 주자로 달리게 되었다. 결승전까지는 무난히 올라갔는데 결승전은 생각보다 힘이 들었다. 우리 반은 세 번째 선수가 바통을 멈칫거리며 받는 바람에 출발이 약간 늦어졌는데 내가 뛰어야 할 차례가 되자 경쟁 팀의 선수는 벌써 30미터쯤 앞에 가 있었다.

난 눈앞에 보이는 게 없을 정도로 힘껏 달렸다. 경쟁자를 따라 잡았다고 느낀 순간, 난 다리가 저절로 움직이는 것 같았다. 하얀 테이프가 가슴에 닿는 순간, 운동장은 응원 열기로 떠나갈 듯했다. 내 경쟁자는 세 발짝 뒤에 있었고, 난 경기를 극적으로 역전시킨 영웅이 되어 있었다. 우리 반 아이들 모두가 나에게로 뛰어와 소리를 지르고 손을 잡고 등을 두드리고 깡충깡충 뛰면서 기뻐했다.

평소 잘 웃지 않던 담임 선생님도 활짝 웃으며 내 머리를 쓰다듬어 주었다.

우리 반은 운동회가 끝난 뒤에도 흥분을 가라앉히지 못하고 교실에서 응원가를 한바탕 불렀다. 그 때 가장 인기 있는 응원가는 정수라의 〈아, 대한민국〉이었다.

하늘엔 조각 구름 떠 있고
강물엔 유람선이 떠 있고
……
아, 아, 대한민국
아, 아, 우리 조국

목이 쉬도록 응원가를 부르면서 난 비로소 반 친구들과 하나가 되었다.

그 뒤로 여자 애들이 먼저 다가와 말을 거는 일이 많아졌고, 가끔 나는 생일잔치에 초대받기도 했다.

4학년 2학기가 거의 끝나갈 무렵, 아버지는 가족 회의를 소집했다.

"쿠웨이트로 가게 됐어. 삼 년 계약이야. 옷만 가져가면 돼."

"쿠웨이트요?"

어머니와 나는 동시에 외쳤다. 나와 여섯 살 차이가 나는 동생 재준이는 아직 어려서 어디에 가서 살든 아무 문제가 아니었다. 하지만 어머니와 나는 문제가 많았다.

"당신 혼자 가면 안 돼요? 난 애들하고 그냥 서울에 있을게요."

어머니는 조심스레 말했지만 아버지의 대답은 예상대로 '가족은 함께 살아야 해. 그리고 쿠웨이트도 다 사람 사는 데야.' 였다.

난 가만히 있다가 내 방으로 와서 울었다. 간신히 친해진 친구들과 또 헤어져야 하다니, 정말 가슴이 찢어지는 것만 같았다.

방학이 시작될 무렵, 크리스마스카드를 주고받으면서 나는 친구들과 작별 인사를 했다. 친구들은 나에게 작은 지우개와 머리핀, 색실, 장갑 등을 선물로 주었다.

우리 가족은 1985년의 새해 첫날을 비행기 안에서 맞았다.

막상 쿠웨이트에 도착하고 보니, 오기 싫어서 울고불고한 걸 까맣게 잊게 되었다.

우리 집은 크고 넓은 단독주택 2층이었는데 아래층에는 집 주인인 아랍계 가족이 살고 있었다. 집이 어찌나 크고 좋은지 나는 이런 곳에서 살게 된 것이 꿈만 같았다.

웬만한 곳은 대리석이 깔려 있었고, 발 딛는 곳마다 페르시아 카펫이 밟혔다. 문손잡이, 조명 기구, 스위치 하나하나 최고급품이었고, 복도가 서울에서 살던 집의 마루보다 넓었다.

아버지가 일하게 된 건설 회사의 캠프에서 일 주일에 한 번씩 김치와 채소 등을 가져다 주어서 어머니는 서울에서보다 더 편한 생활이라고 좋아했다. 아버지는 내가 발레 연습을 할 수 있도록 복도에 큰 거울과 바(bar)를 설치해 주었다.

쿠웨이트에서 나는 한국인 학교에 다니게 되었다. 학교 건물은 큰 집을 개조해서 만든 것이었고, 선생님은 쿠웨이트에 파견된 외교관 부인이나 기술자 부인이었는데, 전문적인 선생님이 아니라서 잘 가르치지 못하는 경우도 있었지만 학생 수가 워낙 적어서 개인 교습이나 마찬가지였다.

아버지는 나와 재준이를 아침마다 학교에 데려다 주고, 점심 시간에 와서(쿠웨이트는 낮에 너무 덥기 때문에 낮잠 자는 시간이 두세 시간 있다.) 우리를 다시 집에 데려다 주었다. 쿠웨이트는 몹시 더운 나라이지만 하루 종일 에어컨을 틀고 있어서 더위는 별 문제가 아니었다.

내가 이 곳 생활에서 가장 큰 문제라고 생각한 것은 딱 세 가지였다. 첫째는 무용학원이 없다는 것, 둘째는 바퀴벌레가 많다는 것, 셋째는 물이 부드럽지 않고 뻣뻣하다는 것이었다.

쿠웨이트에는 무용을 배울 수 있는 학원이 많지 않았다. 알아보니 '뉴잉글리쉬 하이스쿨'이란 영국인 학교에 무용반이 있다고 했다. 하지만 그 곳은 발레가 아닌 현대 무용을 가르치는 곳이었고, 전문적으로 레슨을 받을 수 있는 것이 아니라 취미로 운영되는 수준이었다. 나는 혼자 복도에서 바를 잡고 거울을 보면서 연습을 하자니 불안하고 우울해졌다. 3년 동안 이러고 지내면 발레리나로서의 내 꿈은 물거품이 되고 말 것이기 때문이었다.

바퀴벌레도 날 괴롭혔다. 바퀴벌레가 어른 엄지손가락만 한데, 날개까지 발달해서 휙휙 날아다녔다. 약을 뿌려도 끄떡도 안 하고 시도 때도 없이 나타나서 공포스럽게 했다. 서울에서 콩알만 한 바퀴벌레를 보고도 비명을 질러대던 나는 아주 미칠 지경이었다.

"악! 재준아. 빨리 빨리."

그러면 착한 재준이는 재빨리 달려와서 바퀴벌레를 처치해 주었다.

한번은 집에 혼자 있는데 아주 커다란 바퀴벌레가 나타났다. 소리를 질러도 아무도 도와 줄 사람이 없다는 걸 깨닫고 나는 용기를 냈다. 슬리퍼를 벗어들고 바퀴벌레를 내리친 것이었다. 그런데 바퀴벌레는 꿋꿋하게 살아 움직였다. 약이 오른 나는 슬리퍼를 신고 뒤꿈치로 바퀴벌레를 꾹 눌러 버렸다.

"너 맛 좀 봐라."

바퀴벌레는 계속해서 꿈틀거리는 것 같았다. 나는 좀더 발에 힘을 주었다. 그랬더니 그제야 죽었는지 바퀴벌레가 꿈쩍도 하지 않았다. 난 휴지로 죽은 바퀴벌레를 집어서 변기에 버리고 물을 세 번이나 내렸다.

우리 나라에서는 물이 좋은지 나쁜지 신경도 안 쓰고 살았는데 쿠웨이트에 와 보니 물이 너무 뻣뻣해서 목욕을 하고 나면 피부가 더 거칠어졌다. 머리를 감을 때도 샴푸의 거품이 잘 나지 않아서 여간 답답한 게 아니었다.

아래층에 사는 집주인 가족은 남편 한 명에 부인이 세 명, 아이가 일곱 명이나 되었다. 그런데 부인들끼리는 사이가 아주 좋아 보였다. 나는 아랍계 여자들이 굉장한 미인이란 걸 그 때 알았다. 이목구비가 뚜렷하고 아주 매력적이었다. 그런데 그 부인들은 하루 종일 끊임없이 뭔가를 먹어치웠다. 차를 마시고, 호두·아몬드 같은 견과를 먹고, 또 차를 마시고, 또 견과나 말린 과일을 먹었다. 그래서인지 다들 몸이 통통했다.

그리고 쿠웨이트에서 잊지 못할 추억은 황금시장이다. 이라크가 쿠웨이트를 침략했다는 뉴스를 보고 나는 황금시장이 어떻게 됐을까를 가장 먼저 걱정할 정도였다. 액세서리를 좋아하는 어머니는 틈만 나면 날 데리고 황금시장에 갔다. 황금시장은 그리 크지 않은 시장인데 온통 금 세공용품을 파는 가게가 늘어서 있었다. 그 골목에 서 있으면 세상이 온통 황금으로 만들어진 것처럼 느껴졌다. 그 곳에서 파는 액세서리는 정교하고 예쁜 것이 많았고, 세금이 붙지 않아 가격도 싼 편이었다. 어머니는 그 시장에 자주 구경을 갔고, 가끔 반지나 귀고리를 하나씩 사기도 했다.

지금도 눈을 감으면 그 눈부신 골목이 생각난다. 황금시장은 우리 가족이 가장 행복했던 쿠웨이트 시절의 상징이기도 하다.

사막의 모래 바람은 지독했다. 모래가 어찌나 미세한지 작은 문틈으로, 옷깃 사이로도 뚫고 들어왔다. 자동차들은 모두 앞쪽 헤드라이트 사이에 가리개를 하고 다녔다. 그렇게 하지 않으면 모래가 자동차 안으로 들어와 기계가 망가진다고 했다.
나는 그런 자동차의 모습이 입에 재갈을 물고 산책하는 불독
같다고 생각했다.

모래 바람이 불 때 얼른 집이나 차 안으로 들어가지 않으면
머리카락이 말할 수 없이 더러워졌다. 모래가 온통 머리카락에
들러붙어 만져 보면 구둣솔을 만지는 느낌이었다. 모래가 범벅
이 된 머리카락을 뻣뻣한 물에 감고 나면 손가락 지문이 다 벗
겨질 것 같았다.

"아빠, 나 무용 못 해서 어떻게 해?"

"글쎄다. 무용 배울 데가 이렇게 없을 줄이야. 영국인 학교
에 가 봐야겠다. 무슨 수가 있는지……."

아버지는 영국인 학교에 가서 교장 선생님을 만나고 왔다.

"재인아, 내일 아빠랑 영국인 학교에 가자."

"그 학교로 전학 가?"

"아니. 교장 선생님이 널 만나고 싶대."

영국인 학교의 교장 선생님인 미시즈 앤디힉스는 영국 로열
발레단 출신으로, 나이는 많았지만 목선이 곱고 은발머리가 아
름다운 부인이었다.

"안녕, 제인 강?"

"안녕하세요?"

"발레를 배우고 싶어한다고 들었다."

"네. 그런데 정말 로열 발레단 출신이세요? 저도 그 발레단에 들어가는 게 꿈이에요."

"네 춤을 좀 보여 주겠니?"

나는 무용복으로 갈아입고 오디션을 받는 기분으로 그 동안 연습한 동작을 해 보였다. 가능한 진지하게 하려고 노력했다.

"미스터 강, 당신 딸은 영국에 보내야 해요. 여기서 재능을 썩히기는 아깝군요."

"영국이요?"

아버지는 영국인 학교 무용부 아이들이 연습할 때 내가 함께 연습할 수 있게 해 달라는 부탁을 하러 간 것이었다. 그런데 날 영국에 보내라는 말을 들으니 놀랄 수밖에. 난 잠자코 미시즈 앤디힉스의 입을 바라보았다.

"영국엔 좋은 발레학교가 많아요. 제가 추천서를 써 주겠어요. 제인은 재능이 있어요. 훈련을 잘하면 프리마 발레리나가될 수 있을 거예요."

영국인은 미국인이나 이태리인과는 다르다. '햇볕이 날 때가장 날뛰는 것은 영국인과 미친 개'라는 속담처럼 영국인은 햇볕이 날 때만 흥분하는 사람이다.

어쨌든 앤디힉스 부인의 칭찬은 날 흥분시켰다. 딱딱하고 냉정한 영국 여자가 날 위해 추천서를 써 주겠다니, 이 얼마나 대단한 일인가!

"선생님, 그럼 제가 로열 발레스쿨에 갈 수 있을까요?"

로열 발레단 산하, 로열 발레스쿨에 갈 수만 있다면 나는 뭐든지 할 수 있을 것 같았다.

"제인, 로열 발레스쿨은 너처럼 어린 학생에게는 별로 좋지 않아. 일 년에 한 번씩 학생을 걸러 내거든. 많은 학생들이 도중에 허무하게 쫓겨나지. 그러면 다른 발레학교로 갈 수도 있지만 그런 일을 당하면 자신감을 잃게 돼. 또 학교마다 분위기가 다르니까 새로 적응하기도 힘들고. 차라리 B급 학교에서 꾸준히 훈련받는 것이 훗날을 위해 더 좋을 수 있어. 너 연극 좋아하니?"

느닷없는 연극 얘기에 난 잠시 머뭇거렸다.

"뉴욕에서 학교 연극에 나간 적이 있어요. 해설을 맡았는데 굉장히 떨렸어요. 옥수수 모양의 의상을 입고 친구들이 왔다 갔다 하고 참 재미있었어요."

"내가 알고 있는 발레학교가 있는데, 그 곳에서는 연극도 가르쳐 주고 뮤지컬, 음악, 미술 수업도 한단다. 예술적인 무용가가 되려면 다른 종류의 예술도 이해할 수 있어야 돼. 폭넓은 경험이 네 인격에도 분명히 도움이 될 거다. 미스터 강, 당신 딸은 밑바탕이 튼튼한 무용가로 키워야 해요. 제인을 영국으로 보냅시다."

"글쎄요, 생각을 좀 해 보겠습니다."

아버지는 고민스런 얼굴로 날 데리고 나왔다. 나는 몸이 달았다. 집으로 오는 차 안에서 앤디힉스 부인의 얘기를 계속 되새겼다. 나의 재능을 그렇게 평가해 준 것만 해도 고마운데 날 영국 학교에 입학시키기 위해 추천서를 써 주겠다니 꿈만 같았다.

"뭐라고? 영국? 재인아, 너 발레가 그렇게 하고 싶니?"

어머니는 굳은 얼굴로 나에게 화를 내듯 물었다.

"엄마, 나 재능이 있대. 영국 가서 발레 배우면 진짜 발레리나가 되는 거야. 여기선 발레를 배울 수가 없잖아. 삼 년 있다가 다시 시작하면 몸이 다 굳을 거야."

"여보, 당신은 정말 재인이를 영국에 보낼 생각이에요?"

어머니는 아버지에게 다그쳤다.

"글쎄, 그 교장 선생님이 우리 재인이가 발레에 재능이 있다고 그러더라고. 그냥 썩히긴 아깝다는 거야. 우리가 재인이 재주를 살려 주는 게 좋을 것 같아. 여기선 발레 레슨을 받을 만한 데가 없으니……."

"엄마, 나 영국 가고 싶어."

"그럼, 엄마랑 같이 서울로 가자. 서울 가서 다시 신연희 선생님한테 배우면 되잖아."

"나 때문에 아빠랑 엄마가 따로 살 필요가 뭐가 있어? 나만 영국으로 가면 되는데."

"너 엄마 아빠 없이 살 수 있겠어?"

"힘들겠지만 발레를 위해서라면 참을 수 있어. 정말이야, 엄마."

어머니는 끝내 아버지에게 화를 내고 말았다.

"당신은 왜 쓸데없이 애를 데리고 그런 델 가요? 조그만 애가 뭘 안다고 영국이니 재능이니 하면서 바람을 넣어 가지고, 도대체 이게 뭐예요?"

난 눈치를 보다가 잠자코 내 방으로 갔다.

나는 발레에 대한 책을 구해서 읽고 발레 공연 비디오도 열심히 봤다. 반드시 발레리나로 성공하겠다는 결심을 하면서. 누가 곁에서 봤다면 가소롭다고 했을 테지만 나로선 아주 중대한 결심이었다.

앤디힉스 부인은 또 왜 그리 열성적인지 내 운명의 고리를 엉뚱한 영국 여인이 틀어쥐고 있는 것 같았다.

그녀는 영국의 여러 발레학교에 편지를 보내 지원서와 학교 안내 책자를 받아서 아버지에게 보여 주었다. 그 가운데 앤디힉스 부인이 처음 말했던 엘름허스트 발레학교가 가장 괜찮은 것 같았다.

어머니는 내가 발레학교 팸플릿을 뒤적이는 걸 보고 몹시 화를 냈다.

"재인아, 지금 넌 초등 학교 오 학년이야. 누가 그 나이에 혼자 유학을 가니? 그렇게 말귀를 못 알아들어? 유학을 가고 싶으면 고모처럼 대학 가서 가면 되는 거야."

"엄마, 난 고모랑 달라. 고고학이야 대학 가서 시작해도 될지 모르겠지만 무용은 안 그래. 지금도 늦었을지 모른단 말이야. 영국 애들은 더 어려서부터 훈련받는데 난 지금 멍청히 팸플릿만 보고 있잖아."

난 무용에 관한 한 누구와도 타협하고 싶지 않았다. 답답한 소리만 하는 어머니가 밉기까지 했다.

추천서 덕분인지 난 오디션도 면제 받고 입학 허가를 받았다. 온 세상이 날 위해 축가라도 부르는 것 같았다. 어머니도 더는 반대하지 않고 날 영국으로 보낼 준비를 시작했다. 하지만 인생은, 비록 열두 살짜리에게도 그렇게 간단하지가 않았다.

쿠웨이트에 온 지 5개월 만에 아버지가 회사에서 해고를 당했다. 점잖게 말하면 계약 해제. 3년 계약이 어떻게 반 년도 못

되어 깨졌는지 나로선 알 길이 없었다. 아버지는 애써 씩씩한 척하면서 '모래 바람, 지루한 낮잠 시간도 이젠 끝이다. 진짜 우리 집으로 가는 거야.' 라고 말했다.

어머니는 어두운 표정으로 미처 다 풀지도 못한 옷 보따리들을 다시 챙겼다. 서울로 간다고 좋아한 사람은 어린 재준이 뿐이었다. 나는 영국행 비행기 대신 서울행 비행기를 타게 될 줄은 정말 몰랐다.

서울에 오자 난 우울증에 빠졌다. 쿠웨이트에서는 영국으로 가기가 쉬웠다. 지리적으로도 멀지 않았고, 아버지의 수입도 넉넉했기 때문이다. 영국으로 내 학비를 송금하는 절차도 간단했다. 그러나 서울에 오자 모든 상황이 반대였다. 아버지는 실업자, 서울에서 영국으로 돈을 보내는 일은 복잡하고 까다로웠다. 그리고 영국과 서울은 지리적으로도 너무 멀었다.

비워 놓았던 아파트는 온통 먼지투성이였다. 어머니와 나는 일 주일 내내 쓸고 닦고 정리했다.

"그나마 아파트라도 그냥 두길 잘했지 팔거나 전세라도 주었더라면 큰일날 뻔했어. 이렇게 갑자기 돌아왔는데 집까지 없었다면 정말 쓰러졌을 거야."

어머니는 내게 몇 번이나 그 말을 했다.

아버지는 아침에 늦게 일어나서 하루 종일 책을 보거나 음악을 듣고 밤이면 혼자 술을 마셨다. 나는 그런 아버지가 안쓰러웠다. 어머니는 점점 짜증이 늘어 갔다. 아버지 앞에선 내색을 안 해도 나에게 짜증내는 일이 많아졌다. 나는 발레학교에 관한 얘기는 입 밖에 내지도 못했다. 열흘쯤 지나 서울 생활이 다시 제자리를 찾자, 절망감은 더욱 커졌다.

금세 6월이 가고 7월이 왔다. 난 전에 다니던 무용학원이라도 가야겠다고 생각했다. 그러던 어느 날, 아버지가 날 불렀다.

"재인아, 발레학교 서류 가져와 봐."

"응?"

나보다도 어머니가 더 놀랐다.

"당신 정말, 애를 영국에 보낼 생각이에요?"

"물론이지. 재인아, 너 정말 최고의 발레리나가 될 자신 있지?"

"응! 아빠, 발레는 내 꿈이야."

"가거라. 구월이 개학이지?"

"당신, 취직됐어요?"

어머니는 눈을 동그랗게 뜨고 다그치듯 물었다. 아버지가 전자제품 대리점을 하기로 했다고 말하자, 어머니는 아버지가 해고당했다는 말을 들었을 때보다 더 놀랐다.

"당신이 장사를 해요? 당신은 월급쟁이 체질이에요. 게다가 새로 가게를 열면 어떻게 될지도 모르는데, 애를 유학 보내요?"

"어떻게 되긴? 잘 되겠지."

"벌써 장사 사, 오 년 해서 자리 잡은 사람처럼 말하는군요. 가게 시작하고 일 년 동안은 현상 유지라도 하면 겨우 성공이라던데, 애를 유학 보낼 형편이 되겠어요?"

"엄마, 나 용돈도 아껴 쓸게."

나는 어머니의 비꼬는 듯한 말에 아버지의 결심이 꺾이지는 않을까 겁이 났다.

"걱정 마라, 재인아. 아버지가 냉장고랑 전기밥통 하루에 백 개씩 팔 거야. 아빠 친구가 가게도 좋은 데로 알아봐 준댔어. 아마 대리점 계약하고 가게 꾸미고 준비하려면 구월은 돼야 할 거다. 너 영국에 데려다 주고 와서 개업식 해야겠다."

"당신, 왜 그렇게 중요한 일을 나랑 의논도 안 하고 애 앞에서 먼저 얘기해요?"

"의논이 필요할 때가 있고 결단이 필요할 때가 있는 거야."

그렇게 말하고 나서 아버지는 내 서류를 챙겨 들고 서재로 들어가 버렸다. 아버지가 서재로 들어가자 어머니는 화난 얼굴로 친구에게 전화를 걸더니 외출해 버렸다. 난 흥분해서 로열 발레단 비디오테이프를 꺼내 틀어놓았다. 10분쯤 보다가, 어머니 때문에 잘 안 될 수도 있다는 생각이 들자 다시 불안해졌다.

'만약 영국에 못 가게 하면 어떡하지?'

난 부엌으로 가서 설거지를 하고 행주를 삶았다. 어머니가 하는 건 많이 봤지만 행주를 삶아 보긴 처음이었다. 그리고 싱크대도 물기 하나 없이 깨끗이 닦았다. 어머니가 들어왔을 때 기분이 좋아야 내게도 유리할 거라고 생각했다. 그리고 나서 다시 로열 발레단 비디오를 보았다. 무용수들 한 명 한 명이 나를 격려해 주는 것만 같았다.

'나도 언젠가는 저렇게 될 거야. 멋진 발레리나가 돼서 세계 여기저기에서 공연을 하고 돈도 많이 벌어서 아빠한테 재규어 자동차나 벤츠 자동차를 사 줄 거야. 또 엄마한테는 멋진 보석이 박힌 목걸이를 사 줘야지. 난 성공할 거야. 난 그렇게 될 수 있어.'

머릿속에서 온갖 상상이 풍선처럼 부풀어 갔다. 그 때 나에게는 모든 일이 그리 어려워 보이지 않았다.

다행히 아버지는 결심을 굽히지 않았고, 어머니도 아버지의 자신감에 더 이상 반대를 하지 못했다. 입학 일 주일 전, 난 서울을 떠나야 했다. 공항에서도 난 흥분되고 기뻐서 재준이 손을 잡고 계속 웃었다.

"누나, 집에 언제 와?"

"겨울방학에 올 거야."

"영국에서 엄마 아빠 보고 싶으면 어떡해?"

"어떡하긴, 참아야지. 외국 애들 틈에서 일등하려면 그런 건
다 참고 무용만 열심히 해야지."

"누난 좋겠다. 영국도 가고……."

"너도 나중에 우리 학교 구경 오면 되잖아."

아버지와 내가 출국장으로 들어가려고 하자, 어머니는 끝내
울음을 터뜨렸다.

"재인아, 꼭 가야 되겠니?"

"엄마, 나 무용으로 꼭 성공할 거야."

난 울지도 않았다. 어머니가 울지만 않았더라면 난 웃으면
서 출국장으로 뛰어들어 갔을지도 모르겠다. 그 때 난 가족
과 이별하는 슬픔보다 새로운 생활에 대한 기대와 희망이 더
컸다.

"엄마, 안녕. 나 영국 가서 잘할게. 걱정 마. 편지도 할게. 안
녕."

나는 어머니에게 힘차게 손을 흔들어 보이고는 출국장으로
들어갔다.

오데트 : 유학을 가게 되었으니 꿈을 이룬 거잖아요. 부럽다!

클라라 : 유학이 꿈은 아니지. 내 꿈은 최고의 발레리나가 되는
거였어.

오데트 : 그게 그거 아닌가요?

클라라 : 유학은 내 꿈을 이루기 위한 과정이었을 뿐이야. 가서
보니 산 너머 산이었어.

오데트 : 그래도 클라라 님은 이미 영어를 배웠으니까 훨씬 편했
겠어요.

클라라 : 맞아. 만약 영어를 못 했더라면 더 힘들었을 거야.

발레학교에서 내가 얻은 것은 발레가 전부였을까? 지금 와
서 생각해 보니 꼭 그것만은 아닌 것 같다. 발레를 배운 것 못지
않게 친구들과 함께 한 시간들이 소중한 추억으로 남아 있다.

*3
구멍 뚫린 양동이

"아이 로스트 미 앤드백(I lost my handbag)."

"정말? 하하, 웃긴다."

스페인에서 온 친구 이사벨은 사투리를 쓰는 영국 친구들의
발음을 흉내냈다. 마이(my)를 미(me)라고 발음하고 첫 스펠링
에 에이치(H)가 있으면 에이치는 발음하지 않는 경우도 있
었다.

외국 학생인 이사벨과 나는 영국 친구들의 사투리 발음도
따로 배워서 알아들어야만 했다. 스페인 사람들의 기질은 어딘
지 모르게 한국 사람과 비슷했다. 그리고 외국 학생들끼리는
묘한 연대감이 있었다. 이사벨은 나랑 같은 3학년이었지만 발
레 레슨은 A그룹에서 하고, 공부도 다른 반에서 했다. 하지만

식사 시간, 티타임, 휴식 시간엔 같이 다닐 때가 많았다.

한번은 이사벨과 내가 손을 잡고 강당 뒤 정원에서 얘기를 하고 있었다. 그런데 우리 학교의 몇 명 안 되는 상류층(Upper Class라고 함) 학생 한 명이 우릴 이상하다는 듯 쳐다보았다.

"혹시 너희 둘, 그렇고 그런 사이야?"

"뭐? 그렇고 그런 사이? 무슨 뜻이야?"

"동성연애자, 뭐 그런 거냐고."

"미친 자식!"

이사벨은 그렇게 말하고는 내 손을 더 꽉 잡고 앞뒤로 흔들었다. 난 너무 당황스러워서 그 영국 아이를 어떻게 이해시켜야 할지 알 수가 없었다. 이사벨이 나에게 물었다.

"한국에서도 여자끼리 손잡으면 동성연애자라고 하니?"

"아니. 우리 나라에선 여자끼리 손 많이 잡고 다녀. 친한 친구끼리 손 잡고 다니는 걸 아무도 이상하게 생각 안 해."

"그렇지? 우리 나라도 그래. 여자 친구끼리 손잡아도 괜찮아. 여긴 이상한 데야. 뭐든지 음침하게만 생각하거든. 자기네들이 그러면 다 그런 줄 안다니까."

이사벨이 그렇게 말하자 조금 안심이 되었다. 하지만 아이들이 날 이상하게 볼지도 모르니까 다음부터는 여자 친구와 손을 잡지 말아야겠다고 생각했다.

10월 15일에 한국에서 소포가 왔다.

14일엔 역사 시험을 치렀고, 16일엔 프랑스어 시험이 있어서 몹시 긴장하고 있었다. 그런데 서울에서 소포가 오자, 난 모든 고민을 잊어버렸다.

겨울 옷, 책가방, 손수건, 스카프와 함께 어머니의 편지가 들어 있는 상자가 있으니까 잠도 안 왔다. 나는 어머니의 편지를 몇 번이나 읽다가 더 이상 참을 수가 없어서 이사벨을 찾아가 편지를 보여 주었다.

보고 싶은 재인아!

내 딸 재인아, 엄마가 널 얼마나 보고 싶어하는지 넌 모를 거야.

건강하고 즐겁게 지내는지 늘 걱정이란다. 우린 다 잘 지낸단다.

어린 너를 낯설고 먼 곳으로 보내 놓고 나니 엄만 정말 나쁜 사람 같아. 누가 네 얘길 물을 때마다 가슴이 뜨끔하단다. 네가 그렇게 하고 싶어하는 무용을, 원 없이 하게 해 주고 있다고 나 자신에게 수없이 얘기하지만 보고 싶은 마음은 어쩔 수가 없구나.

재인아, 아빠랑 엄마랑 재준이 보고 싶지? 네가 그런 고통을 참으면서 열심히 무용을 하니까 다른 애들보다 몇 배 더 훌륭

한 아이라고 생각한다. 장한 내 딸.

겨울 옷을 몇 벌 보낸다. 영국의 겨울이 얼마나 추울지 모르겠구나. 음식 골고루 먹고 선생님 말씀 잘 들어라.

엄마가 재인이를 다시 만날 때는 키도 크고 무용도 잘하는 딸이겠지? 네가 그렇게 좋아하는 무용이니까 실력도 하루가 다르게 늘 거라고 믿는다. 열심히 해라. 영국 애들에게 뒤떨어지지 않게.

그리고 전화 너무 자주 하지 마라. 통화료도 비싸지만 전화에 너무 매달리면 네 마음이 더 약해지지 않겠니?

늘 건강하기를 기도한다.

— 재인이를 사랑하는 엄마가

내가 편지를 읽어 주자 이사벨은 나에게 자기 가족 사진을 보여 주었다. 영국 아이들은 집을 떠나 기숙사에 있지만 3주에 한 번 집에 가서 주말을 지낼 수 있고 전화도 매일 할 수 있어서 향수병 같은 걸 몰랐다.

난 집에서 편지가 오거나 집에 전화라도 하는 날이면 가족이 너무 그리웠다. 바빠서 잊고 지내다가도 편지, 전화로 연결이 되면 봇물 터지듯 그리움이 밀려들었다. 다른 애들은 휴게실에서 TV를 보거나 시험 공부를 하는데 난 그냥 침대에 누워서 천장만 올려다보고 있었다.

"제인, 뭐 하니?"

브리짓드 선배가 날 불렀다.

"그냥……."

"너 중간(half-term) 휴가에 우리 집에 안 갈래?"

그 휴가는 일 주일간이었다.

"정말요? 그래도 돼요?"

너무 고마웠다. 또 일 주일간 기숙사에서 멀뚱멀뚱 있을 걸 생각하니 괴로웠는데 초대를 받은 것이었다.

사감 선생님은 내 말을 듣고 기뻐하면서 꽃을 한 다발 사 주었다.

"미시즈 켄달에게 드리렴. 즐겁게 지내다 와."

사감 선생님은 내 뺨에 뽀뽀를 해 주었다.

브리짓드 선배의 어머니는 주차장에서 우리를 기다리고 서 있다가 내가 들고 간 꽃을 보더니 아주 환하게 웃었다.

"고마워, 제인. 일 주일 동안 이 꽃이 시들지 않으면 좋겠구나."

그 순간 난 서울에 있는 어머니의 미소가 그리웠다. 차에 타자마자 브리짓드 선배와 수다를 떨기 시작했다. 이제는 선배라는 느낌보다는 그냥 친한 친구 사이처럼 되어 버려서 어떤 애기도 거리낌 없이 했다. 출발한 지 두 시간 만에 브리짓드의 집에 도착했다.

브리짓드 어머니가 곧 저녁밥을 차려 주었다. 집에서 먹는 식사가 얼마 만인지. 정말 맛있는 저녁이었다. 특히 그레이비 소스를 끼얹은 고기는 너무 맛있었다. 비슷한 요리라도 학교에서 먹는 것보다 백 배는 맛있었다. 저녁을 먹은 뒤 나는 서울에 전화를 했다.

"재준아, 누나야. 엄마 있니? 엄마 좀 바꿔 줘. 엄마……. 아니, 브리짓드 선배 집에 왔어. 일 주일 동안 여기 있을 거야. 아빠는? 아, 가게 갔지? 가게 잘 돼? 엄마, 나 보고 싶어? 응. 프랑스어 시험은 잘 못 봤는데 역사 시험은 잘 봤어. 역사는 재미있는데 프랑스어는 좀 어려워. 무용도 열심히 해. 응. 걱정 마. 엄마, 아빠한테 내가 전화했다고 꼭 전해. 옷? 잘 받았어. 응. 그럼 끊을게. 엄마 안녕. 응. 응."

브리짓드는 내가 전화를 끊자 내 옆으로 왔다.

"제인, 괜찮니?"

브리짓드는 날 살짝 껴안아 주었다.

"응."

나는 눈물이 나려는 걸 꾹 참았다. 즐거운 날에는 울면 안 된다고 생각했다.

"제인, 내일 우리 엄마 가게에 가자. 구경하면 재미있을 거야."

브리짓드 어머니는 예쁜 발레 숍을 운영하고 있었다. 얼마나 예쁜 옷이 많은지 모두 다 갖고 싶었다. 브리짓드 어머니는 발레 숍 말고도 패션쇼 회사에서 매니저 일도 하고 있었는데 수요일과 목요일에는 패션쇼가 있어서 아주 바빴다.

"제인, 너 패션쇼 나가 볼래? 어린이 모델이 필요한데."

"와, 정말요? 하고 싶어요."

"그래, 그럼 내일 버밍엄에서 하는 다른 회사 패션쇼에 가 보자. 그러면 어떻게 진행되는지 알 수 있을 거야. 옷은 패션쇼 전날 고르면 돼. 네 사이즈에 맞는 걸로. 넌 목요일 쇼에 나갈 거니까."

"브리짓드, 들었지? 내가 패션모델이 되는 거야!"

"나도 사 학년 때 패션쇼에 나간 적이 있어. 제인, 너도 잘할 수 있을 거야."

나는 몹시 흥분했다. 버밍엄에서의 패션쇼는 정말 멋있었다. 옷들이 정말 멋졌는데 모두 한국에 있는 어머니에게 갖다 주고 싶었다. 나는 모델들의 걸음걸이와 옷을 벗는 모습 등을 잘 봐 두었다.

그런데 막상 내가 쇼에 나가려고 하자, 어린이 모델은 그렇게 멋있게 할 필요가 없다고 해서 실망했다.

"제인, 그냥 신나게 뛰어나가는 거야. 그리고 무대 가운데 서서 오른쪽을 한 번 보고 손을 흔들고, 왼쪽을 향해 손을 흔들고 뛰어. 너무 빨리 뛰지 말고, 무대를 한 바퀴 빙 돌아 들어와. 알았지?"

비록 포즈는 멋있게 해 보지 못했지만 난 신나게 무대 위를 누비고 다녔다. 그 날은 너무 긴장하고 흥분해서 일기를 짧게 끝냈다.

패션쇼를 잘했다. Super Show!

브리짓드 집에서의 생활은 너무 즐거웠다. 그래서 일 주일 이 어찌나 빨리 갔는지 모른다. 브리짓드 어머니는 나에게 잠 옷을 두 벌이나 주었고 안데르센 뮤지컬도 보여 주었다. 맛있 는 음식을 너무 많이 먹어서 살이 2킬로그램쯤 쪄 버렸다.

일 주일 뒤, 오랜만에 발레 수업에 들어가니 기분이 너무 좋고 열심히 하고 싶은 마음이 생겼다. 발레가 그리웠던 것 이다.

"켈리, 일어나 있거라. 발레 수업에 들어오면 항상 서 있어 야 하는 거 몰라? 앉으면 근육이 다시 뭉쳐지잖니. 연습하다 부상당할 위험이 있어. 무용수는 몸이 악기야. 악기가 부러지면 연주를 잘할 수 있겠어?"

켈리는 미스 체섬에게 야단을 맞고도 태평하게 웃었다. 켈리는 얼굴이 크고 몸도 뚱뚱해서 누가 봐도 멋진 발레리나가 되기는 힘들었다.

로즈마리는 발을 삐어서 물리치료실로 가 버렸다. 나는 켈리와 로즈마리처럼 되지 않으려고 더 열심히 연습했다. 수업이 거의 끝나갈 무렵, 체섬 선생님이 나에게 말했다.

"제인, 아주 많이 좋아졌구나. 계속 그렇게 하렴."

난 칭찬을 받고 너무 좋아서 입이 벌어졌다. 선생님은 그 날 우리에게 다이어트의 중요성에 대해 얘기했다.

"길고 날씬한 몸매는 정확한 동작을 보여 주기에 유리하단다. 몸매 관리는 테크닉을 익히는 것만큼 중요해. 그리고 관객들은 테크닉보다 너희의 몸매를 먼저 보게 된다는 걸 잊지 마라. 소금, 물, 미네랄이 부족하지 않도록 해라. 너희 나이에는 몸매가 많이 변하는 때니까 조금만 방심하면 금방 뚱뚱해질 수 있어. 과자 같은 간식은 안 먹는 게 좋고, 디저트도 저칼로리 젤라틴이나 셔벗 같은 것만 먹는 게 좋아. 차에도 크림이나 설탕은 넣지 않는 게 좋겠지. 하지만 무작정 굶지는 마라. 성장해야 하는 나이니까 단백질과 우유, 채소는 꼭 먹어야 해. 알겠지?"

나는 그 날부터 몸매 관리에 신경을 썼다.

'내가 살이 찌면 영국 애들에게 지는 거야. 난 꼭 성공해야 돼.'

티타임에 나오는 케이크의 버터 크림은 다 덜어 내고 케이크도 반만 먹는 일이 많았다. 단맛의 후르츠 파운드 케이크는 하나도 먹지 않았다.

〈재크와 콩나무(Jack and Beanstalk)〉가 겨울 공연물로 정해졌다. 겨울방학 직전에 하는 정기 공연에는 부모님들을 초대하기 때문에 전교생이 모두 출연했다. 2회 공연이어서 캐스트도 A, B로 나누어 연습을 했다. 주요 등장인물은 주로 졸업을 앞둔 6학년들이 맡고, 아래 학년들은 합창이나 엑스트라, 군무를 추는 역할로 나왔다.

나는 양동이를 하나 들고 〈내 양동이에는 구멍이 뚫렸어요(There's a hole in my bucket)〉란 노래를 부르는 역을 맡았다. 열명이 함께 나란히 서서 노래를 부르는 것이어서 떨리지는 않았다. 코미디 연극인데 어머니 역을 맡은 6학년 언니가 너무 웃겨서 자꾸 웃음이 나왔다. 연습 때도 웃다가 선생님께 야단을 맞았다. 발레 시간에는 칭찬 받고 공연 연습도 재미있고, 겨울방학에 집에 갈 생각을 하니 기운이 넘쳐서 하늘로 솟구칠 지경이었다.

11월 1일, 집에서 전화가 왔다. 아버지는 나에게 크리스마스 때 집에 오지 말라고 말했다. 나는 이유를 묻지 않았다. 아버지 사업이 아직 자리를 잡지 못한 것 같았다. 난 '알았어요.' 라고 애써 담담하게 말했다.

전화를 끊자마자 눈물이 왈칵 쏟아졌다. 얼마나 울었는지 눈이 퉁퉁 부었다. 기숙사 안에 내 소문이 쫙 퍼져서 모두들 내가 울고 있는 이유를 알게 되었다.

"제인, 로비로 잠깐 나가 봐. 너를 만나러 온 사람이 있어."

나는 퉁퉁 부은 눈을 비비며 내려갔다. 놀랍게도 로비에는 루펏이 와 있었다.

"크리스마스 휴가 때 집에 못 간다는 얘기를 들었어."

나는 말없이 고개만 끄덕이고 서 있었다. 다시 눈물이 주르르 흘렀다.

루펏이 다가오더니 나를 꼭 껴안아 주었다.

"다음 방학에는 집에 갈 수 있을 거야. 그러면 가족이 더 반가울 거야. 이번엔 좀 참아."

루펏 덕분에 나는 마음이 많이 가라앉았다. 루펏은 나의 패쉬(boy pash)였다. 하지만 일부러 찾아와 나에게 다정하게 말을 걸어 준 것은 이번이 처음이었다. 그 동안 나는 루펏이 나에게 관심이 없는 줄만 알았다. 그런데 이렇게 찾아와 위로를 해 주니 고맙기도 하고 기쁘기도 했다. 조금 뒤 브리짓드 선배가 와서 크리스마스 때 자기 집으로 가자고 했다.

"고마워, 정말……."

나는 다시 눈물이 날 뻔했지만 애써 웃었다. 그리고 브리짓드 말이 고맙기는 했지만 한편으로는 슬프고 자존심도 상했다. 한 마디로 표현할 수 없는 복잡한 마음이었다.

그 날 나의 일기는 비장했다.

가족이 보고 싶지만 난 참고 견딜 거다. 밥이 먹고 싶어 죽을 지경이다. 깍두기, 김치. 아, 엄마가 해 주는 음식이 생각난다. 언제쯤 집에 가게 될까? 다시는 이런 일로 울지 말아야지.

11월 25, 26일에 공연이 있어서 11월은 무척 바빴다. 한 방에 있는 켈리는 화가 나거나 발레가 잘 안 되면 이것저것 먹어 대는 습관이 있었다. 그래서 늘 침대나 옷장 속에 군것질거리를 숨겨 두었는데, 그 날 교회에 간 사이 사감 선생님이 우리 방을 몽땅 뒤져서 로즈마리의 화장품과 켈리의 과자를 다 빼앗아 갔다.

켈리는 주말에 케이티 집에서 맛있는 걸 먹고 왔는데도 밤에 먹을 게 없다고 투덜거렸다. 켈리는 불을 끄고 자야 할 시간에 우리에게 한 가지씩 맛있는 음식 얘기를 하라고 했다. 우리는 사감 선생님한테 야단맞을까 봐 불을 끈 채 어둠 속에서 맛있는 음식 얘기를 했다.

내 차례가 되자 난 쿠웨이트에서 먹었던 '걸레 빵' 얘기를 했다.

"진짜 이름은 잊어버렸어. 우리 식구들은 그냥 걸레 빵이라고 불렀지. 길에서 파는 건데, 커다란 양고기를 위아래로 꿰어 빙빙 돌리면서 구워. 넙적하고 거무죽죽한 걸레 같은 큰 빵에다 양고기를 척척 저며서 넣고 채소랑 과일, 겨자를 얹어서 빵으로 둘둘 말아. 그렇게 먹으면 굉장히 맛있어."

"제인, 이거 걸레 빵 냄새야?"

"윽!"

루시의 고함에 나도 소리를 지르고 얼른 침대에서 내려왔다. 모두들 잠옷 바람으로 코를 막고 창문과 방문을 열었다.

"미안해."

켈리의 방귀 냄새였다. 켈리는 미안한 표정으로 침대에 오도카니 앉아 있고, 우리는 환기를 시키려고 베개를 휘둘렀다. 그러고도 도저히 참을 수가 없어서 복도로 우르르 나갔다. 옆방 아이들이 문을 열고 내다보며 한 마디씩 했다.

"또 켈리야?"

"유명하지. 조용하지만 죽여 주는 가스야."

켈리는 장이 안 좋은지 원래 방귀가 잦은 편이었는데 그 날은 정말 냄새가 지독했다. 뭔가 특별한 음식을 먹은 날에는 어김없이 그랬다.

다음 날 아침에 우리 방은 새 규칙을 정했다.

'누구든지 방귀를 뀌고 싶으면 쓰레기통에 앉아 일을 치른다. 냄새가 다 꺼질 때까지 거기 가만히 앉아 있는다.'

하지만 깡통으로 된 쓰레기통이 냄새를 흡수할 리가 없었다. 다행인 것은 우리 방의 쓰레기통은 우리 궁둥이 크기와 잘 맞는다는 것이었다.

드디어 정기 공연하는 날이 되었다. 부모님들은 모두 5파운드짜리 티켓을 사서 관람을 했다. 노래를 부를 차례를 기다리면서 난 이런 상상을 했다.

'아빠나 엄마가, 아니 어쩜 두 분 다 나 몰래 왔을지도 몰라. 내가 무대에 올라가면 손을 흔드실 거야. 날 놀래 주려고 몰래 이 곳에 왔을지도 몰라. 방학이 되면 다 같이 서울로 갈지도……. 그래, 그럴 수도 있어. 그럴지도 몰라.'

차례가 될 때까지 메를 파크 스튜디오에서 기다리고 있어야 하기 때문에 아이들은 분장을 하고 의상을 입은 채로 스튜디오

안을 뛰어다니며 장난을 쳤다. 그러나 나는 부모님이 오셨을지도 모른다는 생각에 장난칠 마음도 없었다.

"양동이 팀, 나갈 차례야. 무대 뒤로 가. 양동이 잊지 말고."

6학년 언니가 와서 우리 차례를 알려 주자, 난 가슴이 두근거리기 시작했다.

무대에 올라가 노래를 부르면서 객석을 훑어보았는데 나를 보고 손을 흔드는 사람은 없었다.

'아냐. 좀 있다 무대 뒤로 오실지도 몰라. 공연할 때 손을 흔들면 내가 공연을 제대로 못 할까 봐 그런 거야.'

열심히 양동이를 흔들며 노래를 하고 무대 뒤로 왔다. 하지만 날 기다리는 사람은 없었다. 내가 머릿속으로 상상한 일은 일어나지 않았다.

공연이 끝나자 발레 평가 시험이 기다리고 있었다. 나는 발레 선생님들에게 좋아졌다는 얘기를 많이 들어서 자신만만하게 평가 시험을 기다렸다. 평가 시험은 12월 3일이었다.

우리를 가르친 선생님들은 점수를 매기지 않고 다른 학년을 가르치는 발레 선생님과 발레 선생님 중 가장 지위가 높은 부장 선생님이 평가를 했다.

오늘 평가 결과가 나왔다.

이사벨은 16.5점. 다른 친한친구들은 16점, 17, 18, 20점.

난 14점……. 화장실에 가서 또 혼자 울었다.

나는 그대로 A반에 남게 되었다. 머리가 아프다. 오늘이 마지막 발레 수업이라 모두 성장(dress-up)하고 사진도 찍었다. 사진에 눈물 자국이 나올까 봐 걱정이다. 다음 학기엔 더 열심히 해서 20점으로 패스해야지.

내일은 방학식이다. 겨우 14점으로 끝나다니…….

방학식은 교회에서 예배를 보는 것이었다. 그런데 옆에 앉은 친구가 자꾸 나더러 귀가 이상하게 생겼다고 놀리는 바람에 기분이 굉장히 나빴다.

예배가 끝나자 모금을 했다. 집 없는 사람들을 위해 모금을 하기에 갖고 있던 10페니를 냈다. 영국은 부자 나라인 줄 알았는데 꼭 그런 건 아닌 것 같았다. 어느 나라에나 가난하고 불쌍한 사람은 있는 모양이었다.

낮에는 다들 짐을 싸느라 야단법석을 떨고, 저녁에는 평소에 보기 드문 푸짐한 음식으로 배를 채웠다. 저녁을 먹고 나서 모두 강당으로 갔다. 학년별로 장기 자랑을 하는 페스티벌이 있었기 때문이다. 우리 학년은 노래를 부르고, 4학년은 발레 선생님과 사감 선생님 흉내를 내는 연극을 했다. 다들 웃고 난리가 났다. 5학년 1년차들은 코미디언 노먼 후버 흉내를 냈고, 5학년 2년차는 〈재크와 콩나무〉 흉내를 낸 뮤지컬을 했다.

〈내 발레 슈즈에 구멍이 뚫렸어요(There's a hole in my point shoes)〉란 노래도 하고, 〈마녀가 미스 톰슨과 케이드를 창조했어요(Witches created Miss Thomson, Cade)〉란 노래도 했다. 미스 톰슨과 미스 케이드는 모두 기숙사 사감 선생님이다. 기숙사 건물은 세 동 있는데 동마다 사감 선생님이 있었다. 그리고 총사감 선생님이 있었는데 완전히 할머니였다. 아버지는 내 1년치 용돈을 할머니 사감 선생님에게 맡겨 놓았다. 가끔씩 용돈을 타러 가면 할머니는 귀가 들리지 않아서 나에게 고래고래 소리를 질렀다.

"제인, 또 용돈 타러 왔어? 어디다 쓸 거야? 여기다 다 적어 봐."

기숙사 생활을 하는 학생들에게 사감 선생님은 영원한 적(?)일 수밖에 없었다.

방학식이 끝나고 우리는 옷 속에 과자와 음료수를 숨겨 가지고 방으로 왔다. 열 시쯤 케이드 선생님이 우리가 불을 끄고 자는 걸 확인하고 돌아가자, 우린 다시 일어나 디스코 파티를 열었다. 옆방 아이들까지 와서 금세 소란스러워지자, 케이드 선생님한테 그만 들켜 버렸다.

"이건 내가 보관하고 있을 테니 내일 아침에 찾아가."

선생님은 우리의 파티 음식을 몽땅 가져가 버렸다.

김이 샌 아이들은 파티를 끝내고 침대로 올라갔다. 날씨가 굉장히 추웠다. 나는 침대에 누워 가족을 생각했다.

'지금 열 시니까 서울은 일곱 시겠지. 아침 먹고 있겠구나. 집에 가고 싶은데……'

방학이 시작된 첫날 아침, 나는 빵 한 조각과 뜨거운 초콜릿 한 잔을 마시고 브리짓드 어머니의 차를 탔다. 그런데 이상하게 멀미가 심하게 났다. 하마터면 차에다 토할 뻔했는데 간신히 참았다. 너무 괴로운 나머지 난 그만 눈물이 나려고 했다.

브리짓드 집에 도착하니 가구와 커튼, 쿠션 등이 바뀌어서 딴 집 같았다. 가구도 전보다 훨씬 더 좋은 것 같았다. 내가 묵을 손님방도 너무 좋아져서 난 계속 싱글벙글 웃으면서 짐을 풀고 빨랫감을 내놓았다.

학교의 세탁 서비스는 형편 없었다. 어떤 옷은 더러운 채로 다시 가져오고 스웨터 같은 건 너무 뜨거운 공기에 말려서 그런지 줄어들거나 축축 늘어져서 돌아오기 일쑤였다.

영국 부인들은 빨래를 무척 잘했다. 양말, 팬티, 속치마까지 뜨거운 스팀 다리미로 다림질한 다음 보일러실에서 말리는데, 입기가 아까울 정도로 옷이 반듯반듯했다.

브리짓드 집에서는 모든 게 고요하고 편안했다. 브리짓드 어머니는 '넌 한 달 동안 우리 딸이야. 네 집처럼 먹고 싶은 거 있으면 다 꺼내 먹어. 알았지?' 라고 자상하게 말했다. 난 뒹굴거리며 책을 읽고 집에 편지도 쓰면서 시간을 보냈다.

하루는 브리짓드의 친구인 엠마가 오더니 이렇게 집에서 놀지 말고 저녁 때 디스코텍에 가자고 했다.

영국에는 십 대들이 가는 디스코텍이 있는데 거기선 술 대신 콜라나 주스 같은 것을 팔았다. 열여덟 살부터는 술도 마실 수 있는 젊은이 대상의 디스코텍에 가고, 스물다섯 이상 되는 어른들만 가는 디스코텍도 있었다.

어떤 술집에 가든지 젊은 사람에게는 신분증을 보여 달라고 하고 나이를 확인한 뒤에 술을 팔았다. 아무튼 가 보니까 별로 재미가 없었다. 그 때 난 너무 어렸던 모양이다.

일 주일쯤 후에는 '폴 영' 콘서트에 가서 즐거운 시간을 보냈다.

그 날 밤, 엠마가 우리와 함께 자러 왔다. 엠마는 엉터리 발레로 여러 배역을 한꺼번에 해 가며 우리를 웃겼다. 나는 폴 영 콘서트를 본 기념으로 가족에게 편지를 쓸 생각이었는데 엠마 때문에 너무 웃겨서 그만 서울 생각을 잊었다. 엠마는 나를 재워 준다면서 셰익스피어의 「한여름 밤의 꿈(A Mid Summer

Night' s Dream)」을 읽어 주었다.

"제인, 베드타임 스토리(bed time story)로는 셰익스피어가 최고야. 안 그래?"

"응. 그래."

나는 건성으로 대답하고 들었지만 베드타임 스토리로 셰익스피어는 별로 어울리는 것 같지 않았다. 눈을 감아도 잠이 오지 않았다.

'아빠, 엄마, 재준아, 보고 싶어. 잘 자.'

크리스마스 이브가 되었다. 사람들은 모두 얼굴이 활짝 피었지만 나는 서울에 있는 가족이 그리웠다. 집에 전화를 했는데 어머니는 내 마음을 아는지 모르는지 짧게 통화를 끝내 버렸다. 어쩌면 전화 요금 때문에 그랬는지도 모르겠다. 영국에선 항상 국제 전화 요금에 신경을 써야 했다. 전화 요금이란 게 없다면 얼마나 좋을까 하는 생각도 여러 번 했을 정도였다. 브리짓드 집에서 전화할 때는 좀 미안하긴 해도 통화를 길게 할 수 있는데 어머니가 일찍 끊어 버리자 난 눈물이 찔끔 나왔다. 요즘 같으면 인터넷으로 이메일을 쓰거나 메신저로 대화를 할텐데 그 때는 그런 게 없었다.

"제인, 엄마랑 통화했니?"

브리짓드 어머니는 날 걱정스럽게 바라보았다.

"이리 오렴. 오늘은 크리스마스 이브니까 내가 준 선물 중 하나만 열어 봐도 좋아. 네 부모님이 보내 주신 건 내일 아침에 봐야 되니까."

"네."

나는 가장 납작하고 가벼운 상자를 풀어 보았다.

"와! 너무 예뻐요! 고맙습니다."

나는 선물을 품에 안고 좋아서 팔딱팔딱 뛰었다. 선물은 편지지였다. 내 이름과 학교 주소가 편지지 위쪽에 가지런하게 인쇄된 것이었는데 브리짓드 어머니가 날 위해 미리 주문해서 준비해 두었다는 걸 생각하자 눈물이 날 정도로 고마웠다.

브리짓드 어머니가 나에게 잘해 주면 잘해 줄수록 난 서울의 가족이 더욱 그리웠다.

그 날은 일기장에 거친 문장을 두 줄 갈겨 썼다.

시간아, 빨리 빨리 가라.
6개월만 있으면 여름방학이고, 그러면 나도 집에 간다.

크리스마스 아침이 되었다. 나는 선물을 열어 보느라 바빴다. 서울에서 온 상자부터 열었다. 빨간색, 까만색 등 여러 가지 색깔이 섞인 스카프였는데 참 예뻤다. 브리짓드 부모님은 내게 여러 가지 선물을 주었다. 빨간색 핸드백, 핑크색 핸드백, 발레리나가 그려져 있는 머그컵, 머리핀, 빨간색 티셔츠를 한 꺼번에 들고 거울 앞으로 뛰어갔다.

점심에도 맛있는 걸 먹고 저녁에도 멋진 식사를 하니까 세상이 온통 먹을 것으로 가득 찬 느낌이었다. 브리짓드의 이모가 왔는데 나에게 'DANCE'라고 쓰여 있는 수건을 선물로 주었다.

크리스마스 때 그렇게 많은 선물을 받은 것은 처음이었다. 크리스마스 주간을 신나게 지내고 나서 1월 5일엔 학교로 돌아왔다. 교문을 들어서자 가슴이 뛰었다.

'아, 육 개월만 지나면 집에 간다, 집으로.'

오데트 : 브리짓드 가족은 참 좋은 사람들 같아요. 하지만 아무리 그래도 크리스마스에 가족이 아닌 사람들과 지내는 건 조금 슬플 것 같아요.

클라라 : 맞아. 그런 날엔 가족과 지내야 하는데…….

오데트 : 만약 내 친구가 우리 집에 와서 열흘쯤 묵어야 한다고 하면 우리 엄마는 싫어할 거 같아요.

클라라 : 하하하. 주부들에게 손님 접대는 쉬운 일이 아니지.

오데트 : 그래서 또 개학하니까 무슨 일이 벌어졌나요?

클라라 : 봄 학기는 여름방학만 기다리는 날들이었어. 집에 너무

가고 싶었거든. 그 때 나는 너무 어렸어.

*4
여름방학을 기다리며

봄 학기가 시작되었다. 우리 학년에 '니나'라는 신입생이 들어왔다. 로열 발레스쿨에서 쫓겨난 아이였다. 프랑스어 선생님도 새로 왔는데 전에 가르치던 선생님보다 훨씬 마음에 들었다.

1월 10일은 첫 포인트 워크(Point-Work) 수업(포인트 슈즈를 신고 발끝으로 서서 하는 스텝을 배우는 수업)이 있었다. 포인트 워크를 배운다는 사실이 날 기쁘게 했지만—이제야 진짜 발레리나가 되는구나 하는 기분이었다.—발이 너무 아파서 수업이 끝나자 발을 움켜쥐고 한참 앉아 있어야 했다. 나는 아픔을 잊으려고 자꾸만 나에게 최면을 걸었다.

'그래, 발레리나가 되기 위해서라면 이런 고통은 참아야 해.

난 참아 낼 거야.'

포인트 워크 수업이 시작되자 난 캐시가 부러워 죽을 지경이었다. 캐시는 날카롭지 않으면서도 우아한 얼굴에 다리도 길었다. 발등의 높이가 적당하게 올라와서 쉽게 멋진 포인트 워크를 할 수 있었다. 내가 10의 힘으로 그런 발목 모양을 만들고 있는 동안 캐시는 3의 힘만으로 멋진 발목 선을 만들어 냈다. 타고난 몸매가 얼마나 중요한지 캐시를 보면 알 수 있을 정도였다.

새로 탭 댄스 수업도 시작되었다. 탭 댄스 시간에는 비교적 가볍게 춤을 출 수 있었지만 발레 시간은 점점 더 힘들었다.

어찌된 일인지 배까지 조금 나왔다. 난 내 자신에게 실망하기 시작했고, 아무것도 하기 싫었다. 그래서 고민 끝에 허스트 선생님을 찾아갔다. 발레 시간에 나에게 칭찬을 가장 많이 해 준 선생님이었다.

"제인, 무슨 일이니? 여기 앉으렴."

"저, 할 얘기가 있어서요."

허스트 선생님은 나에게 카모마일 차를 주었다. 향이 좋은 국화차였다.

"선생님, 전 아무리 힘을 줘도 발목이 예쁘게 안 돼요. 제가 키가 작고 다리도 짧아서 그런 걸까요? 아무리 애를 써도 다른 애들처럼 멋있지가 않아요. 선생님, 전 한국에서 어렵게 여기까지 유학 왔어요. 꼭 성공하고 싶어요. 그런데 제 뜻대로 되지 않아요. 친구들은 날 싫어하고, 발레는 너무 어려워요. 턴 아웃(Turn-Out : 양팔과 다리를 비구관절(hip joint)로부터 90° 각도 자세로 밖으로 향하게 하는 것)도 잘 안 되고요."

고민을 얘기하다 나는 그만 울음을 터뜨리고 말았다. 다 포기하고 집으로 가고 싶었다.

허스트 선생님은 나를 한 번 껴안아 주고 말했다.

"제인, 넌 이제 만 열세 살이 될 거야. 그렇지? 무얼 포기하기엔 너무 어린 나이란다. 이제 너는 키도 더 클 테고 몸매도 변할 거야. 이제부터 네 모습이 어떻게 바뀔지는 하나님도 모르실 거야. 턴 아웃은 계속 연습하면 더 잘 될 거고. 너에겐 가슴 속에서 우러나는 표현력이 있어. 알고 있니? 예술가에겐 테크닉보다 가슴 속의 정열이 우선이지. 넌 처음 왔을 때보다 많이 좋아졌어. 지금 최고가 아니라고 모두 포기하는 바보가 어디 있니? 넌 아직 어려. 계속 좋아질 거야. 넌 열심히 하는 학생이니까."

"정말 키도 클까요, 선생님?"

"희망을 버리고 울기만 하면 키가 안 크지."

"알겠어요."

허스트 선생님은 내게 손을 내밀었다. 선생님과 악수를 하고 나오면서 난 눈물을 닦았다. 기분이 한결 나아졌다.

기숙사의 일요일은 무척 지루했다. 일요일은 모두에게 골칫거리였다.

"우리 심심한데 연극이나 할까?"

"좋아!"

캐시의 제안에 우리는 짧은 연극을 꾸미기로 했다. 뮤지컬 〈Fame〉의 줄거리를 약간만 바꾸어서 간단한 대본을 쓰고, 음악도 몇 개 고르고, 춤도 조금 넣기로 했다. 등장인물의 이름은 월요일(이사벨), 화요일(캐시), 수요일(케이티), 목요일(나), 금요일(디), 토요일(켈리), 일요일(니나)이라고 지었다.

내가 등장하는 대목은 '목요일, 가기엔 너무 멀어(Thursday, too far to go)'였다. 마지막엔 다 같이 〈나는 나의 모든 꿈을 믿어요(I believe in all my dreams)〉라는 노래를 부르며 죽는 얘기로 꾸몄다.

종일 엎치락뒤치락 연습을 한 뒤 저녁을 먹고 다른 방 아이들을 불러 모았다. 3학년이 다 모이고 4, 5학년도 몇 명 왔다.

"뭐야, 무슨 연극이야?"

다들 심심했던 터라 좁은 방에 끼어 앉아서 우리의 연극을 기다렸다.

침대가 무대였다. 우리는 침대 위에서 뛰어내리기도 하고 춤도 추고 노래도 불렀다. 마지막 장면에서는 내가 가장 먼저 울기 시작했다. 그런데 하나둘씩 따라 우는 것이었다. 연극이 끝나자 아이들은 서로 껴안고 엉엉 울어서 온통 울음바다가 되었다.

연극 공연은 대성공이었다. 슬펐지만 재미있어서 다들 만족한 얼굴로 잠자리에 들었다. 우리가 왜 울었는지는 아직도 잘 모르겠다.

일요일의 연극 공연은 곧 유행이 되어 버렸다. 일요일마다 '오늘은 어느 방에서 무슨 연극을 하니까 보러 가자.' 는 얘기가 나돌았다. 지루하고 따분한 일요일을 극복하는 방법으로는 엉터리 연극이 최고였던 것이다.

그즈음 나에게 가장 힘든 일은 집에 전화를 마음대로 할 수 없다는 것이었다. 3분 통화에 전화 요금이 6파운드 60센트나 되기 때문에 무척 부담스러웠다. 그래서 전화보다 편지를 자주 쓰곤 했는데 전화의 유혹은 때때로 나를 괴롭혔다. 목소리만 잠깐 듣고 끊어야지 하다가도 막상 식구들 목소리를 들으면 2분이 3분이 되고 3분이 4분이 되었다. 할머니 사감 선생님께 타 낸 용돈은 금세 전화 요금으로 다 써 버리기 일쑤였다. 학교에서 쓰는 학용품은 학교 매점에서 외상으로 살 수 있었지만(나중에 부모님께 청구서가 가면 다음 학기 등록금 낼 때 같이 낸다.) 친구들과 외출을 할 때나 카드, 선물, 우표 같은 걸 살 돈이 늘 모자랐다.

전화를 해도 아버지 어머니의 말은 늘 똑같았다.

"재인아, 발레 열심히 해서 꼭 훌륭한 발레리나가 되어야 한다. 부디 처음 영국에 갔을 때 네 결심을 잊지 말기 바란다. 넌 잘할 수 있을 거야. 우린 다 잘 있으니까 걱정 마라."

내가 힘들다거나 애들이 못되게 군다고 얘기하면 아버지는 '그래도 참아야지.' 라고 하는 편이었고, 어머니는 '당장 그만두고 집에 와라.' 고 말하는 편이었다. 나는 우습게도 '참아야지' 라는 대답도 듣기 싫고 '집에 와라' 는 말도 듣기 싫었다. 그래서 전화를 하면 일부러 명랑하게 얘기를 했지만 전화를 끊고 나면 눈물이 났다.

그런 기분으로 침대에 오른 밤에는 잠이 잘 오지 않았다.

"이사벨, 자니?"

"아니, 아직 안 자."

"그럼 나랑 얘기할래?"

"무슨 얘기?"

"그냥, 아무 얘기나. 잠이 잘 안 와서 그래. 수면제 같은 얘기 없니?"

"화장실로 가자."

이사벨과 나는 조심스레 베개와 담요를 꺼내들고 방에서 나왔다. 방에서 떠들면 다른 아이들이 자는 데 방해가 되기 때문이었다.

밤새도록 불을 켜도 좋은 곳은 화장실뿐이었다. 세면기, 샤워기가 죽 늘어서 있는 곳과 변기와 욕조가 있는 곳이 칸막이로 구분되어 있었고, 중간에는 소파가 여러 개 있었다. 우리가 골라 앉은 곳은 욕조 안이었다.

욕조에 약간 남은 물기를 휴지로 닦아 내고 우리는 마주 보고 앉아 담요를 덮었다. 베개는 번갈아 가며 등에 댔다. 욕조에 계속 등을 대고 있으면 등이 너무 서늘했다.

"제인, 이번 주말은 외출하는 날이야. 넌 어디 갈 거니?"

"브리짓드 선배가 토요일에 시내 구경하자고 했어. 일요일엔 브리짓드 부모님이 오셔서 점심을 사 준댔어. 넌?"

"이거 비밀인데……."

"비밀?"

이사벨은 얼굴 가득 웃음을 머금었다. 말로는 비밀이라지만 말하고 싶어 안달이 난 표정이었다.

"실은, 나 이번 주말에 데이트하러 나간다."

"와, 정말? 누구랑?"

"애들한테 말 안 할 거지?"

"말 안 할게. 맹세해."

"좋아. 던칸이야."

"오 학년 던칸 말이야?"

"그래. 월요일에 나더러 그러더라. 이번 주말에 자기랑 같이 외출 나가지 않겠냐고."

"후후, 재미있겠다."

"나 뭐 입고 나가면 좋을까? 우아하게 입는 게 좋을까? 발랄하게 입는 게 좋을까?"

"내가 데이트를 해 봤어야지."

"만약 던칸이 키스하자고 하면 어떡하지?"

"미쳤어? 키스를 하게."

"그럼 데이트 나가서 키스도 안 한단 말이야?"

"이사벨, 너 키스 못 해서 안달이 났구나?"

"제인, 여긴 한국이 아냐."

"한국이든 영국이든 스페인이든 키스는 진짜 좋아하는 남자랑 해야 돼. 아직 그렇게 좋아하지 않잖아."

"하지만 거절하긴 더 어려울 거야."

"왜?"

"내가 거절해 봐. 던칸은 좌절할 거야."

"말도 안 돼. 남자 애가 좌절하는 게 그렇게 걱정된단 말이야?"

"근데 우리 학교 남자 애들은 다 바람둥이잖아. 그래서 좀 걸리는 건 있어."

"맞아. 우리 학교는 여자가 너무 많고 남자는 너무 적어. 그래서 남자 애들이 너무 콧대가 높아."

나는 속으로 루펏을 생각했다. 만약 루펏이 나에게 데이트 신청을 한다면 무얼 입고 나갈까? 만약 키스를 하자고 하면 어떻게 해야 할까? 루펏과 키스를 한다면……. 아, 그러면 기분이 어떨까? 나는 이사벨의 말을 건성으로 들으면서 혼자 상상을 했다. 루펏과 내가 단둘이서 무대를 누비며 춤을 추는 모습은 상상만 해도 너무 황홀했다.

그러나 그런 일은 일어나지 않았다. 루펏을 좋아하는 여자 애들은 학년마다 적어도 예닐곱 명은 될 듯 싶었다. 대부분 나처럼 마음 속으로 짝사랑하고 있는 처지였다. 루펏은 여러 명의 여자 애들과 데이트를 하고 있었다. 난 질투할 처지도 안 되었다. 데이트 신청을 받는 건 꿈도 못 꿀 일이었고, 루펏이 가끔 날 보고 아는 척이라도 해 주었으면 하는 바람뿐이었다.

발레 시간에 뛰어가는 스텝을 잘 한다고 선생님이 '제인을 봐라. 저렇게 탄력 있게 하란 말이야.' 라고 말했다. 난 기분이 좋아져서 데이트 따위는 하나도 부럽지 않게 되었다. 다음 날에는 허스트 선생님이 나에게 기본 동작을 시범 보이게 했다.

며칠 뒤에는 교장 선생님이 불러서 가 보니 나와 흑인인 앨리스, 남학생 한 명이 광고 모델로 뽑혔다고 했다. 각 발레학교 소개와 발레 용품 회사 선전, 발레리나 인터뷰 등이 실리는 〈댄싱 타임즈(Dancing Times)〉란 잡지에 우리 학교 광고를 낸다는 것이었다.

앨리스처럼 흑인 학생도 있고, 나처럼 멀리 동양에서도 배우러 올 만큼 유명한 학교라는 것을 강조하고 싶은 듯했다. 앨리스의 아버지는 유명한 철학 교수였다. 앨리스 아버지는 가끔 텔레비전 대담 프로그램에도 나오곤 했다. 영국엔 흑인이 많지만 발레학교엔 흑인이 많지 않았다. 미국엔 흑인 발레단이 있지만 유럽에선 흑인이 클래식 발레단에 들어가는 일이 거의 없다시피 했다. 흑인 애들은 주로 모던 댄스 쪽으로 진로를 바꾸는 게 일반적이었다.

앨리스는 입양된 아이라 아버지가 백인이었다. 나는 처음에 그것이 좀 이상했다. 우리 나라에서는 피부색이 다른 아이를 입양하는 일은 상상하기 힘들기 때문이었다.

교장실에서 나오는데 앨리스가 나에게 요즘 새로 배우는 캉캉 춤이 어떠냐고 물었다. 우린 그 때 캉캉 춤을 새로 배우고 있었다. 우리 학교는 발레 말고도 여러 가지 종류의 춤을 가르치고 미술, 음악, 연극도 가르쳤다. 미술, 음악은 원하면 돈을 내고 개별 레슨을 받을 수도 있었다.

"굉장히 재밌어. 너도 재밌지?"

"그래, 발레보다 좋아. 발레는 내 엉덩이가 툭 튀어나온 게 결정적인 결점으로 보이거든. 캉캉은 그렇지 않아. 그래서 좋아."

난 뭐라고 대꾸해야 할지 몰랐다. 내가 키가 작다고 고민하는 것처럼 앨리스는 흑인 특유의 체형으로 고민하고 있었다.

"저, 앨리스. 넌 말이야, 몸이 굉장히 유연하잖아. 리듬감도 있고 탄력도 있고."

"하지만 난 결국 발레는 포기해야 돼. 나도 알고 있어."

"누구든지 한 가지씩은 결점이 있는 거래."

"누가?"

"응. R.E(Religion Education : 종교 교육, 한국에서의 윤리 과목과 비슷) 선생님이 그러셨어."

"극복할 수 없는 결점과 극복할 수 있는 결점의 차이는 설명하지 않았니?"

난 속으로 '얘가 철학자 딸이라 논리적으로 따지는군.' 이라고 생각했다.

"우린 아직 어려. 나이가 들면서 어떻게 변할지 모르잖아."

"어떻게 변할지 난 알아. 엉덩이가 더 튀어나올 거야. 난 내년에 드라마 스쿨로 옮길 생각이야."

"정말? 나는 발레를 하러 한국에서 여기까지 왔어. 발레학교 말고 다른 학교로 간다는 건 생각할 수도 없어."

"가능성이 높은 걸 선택하는 거야. 그게 좋지 않을까?"

"학교를 그렇게 무턱대고 옮기는 건 좋지 않아. 나는 아버지 직장 때문에 학교를 몇 번 옮겼는데 그 때마다 힘들었어."

"그건 그렇지. 하지만 난 발레단에 들어가지도 못할 테니까 선생님들은 나한테 관심도 없어. 외부에서 일류 강사가 오면 A반에서 선발된 애들만 모아서 레슨 받게 하잖아. 잘하는 애만 뽑혀 갈 기회를 얻는 셈이지."

"하지만 너도 발레가 좋아서 여기 온 거 아니니?"

발레에 대한 남다른 열정으로 이 곳까지 온 나로서는 다른 애들이 쉽게 이 학교에 왔다는 게 용납되지 않았다.

"제인, 물론 난 발레가 좋아. 하지만 우리 아버지는 내게 이렇게 말씀하셨어."

"뭐라고?"

"난 브리짓드 바르도(프랑스 여배우)를 좋아했지만 그녀와 결혼하지는 않았다."

앨리스와 나는 한바탕 웃고 나서 사진을 찍었다. 나는 내 사진이 실린 그 잡지를 아직도 가지고 있다.

학교 광고 모델로 나가게 되었다. 그 바람에 같이 모델로 뽑힌 앨리스와 처음으로 이런 저런 얘기를 나누었다.

좋아하는 걸 하는 게 옳은 일일까, 가능성 높은 걸 하는 게 옳은 일일까? 내가 좋아하는 걸 해야 성공하는 게 아닐까? 하지만 앨리스는 자기가 잘할 수 있는 걸 하기로 한 모양이다.

나는 지금까지 발레를 좋아하니까 잘할 수 있다고 믿었는데…… 조금 불안해진다.

나는 R.A.D 자격 시험을 맨체스터에 가서 봐야 하는 것 때문에 걱정이 많았다. 학교에서 맨체스터까지는 멀기 때문에 교통비, 숙박비로 40파운드를 내야 했다.

집에 전화하면 돈을 보내 주겠지만 난 아버지에게 돈을 보내 달라고 말하기가 너무 미안했다. 크리스마스 때 집에 오지 못하게 할 정도라면 아버지의 장사가 신통치 않은 게 틀림없었다. 40파운드 생각을 하면 부활절 초콜릿을 살 마음도 안 생겼다.

허스트 선생님의 발레 시간에도 머릿속엔 온통 40파운드 걱정뿐이었다.

"제인!"

수업이 끝나자마자 선생님이 인상을 찌푸리면서 날 불렀다. 나는 놀라서 선생님 앞에 차렷 자세로 섰다.

"너, 왜 그래? 왜 이렇게 게을러졌어? 넌 오늘 나에게 가장 둔한 동작을 보여 줬어."

"죄송합니다."

나는 고개를 푹 숙이고 있었다.

"넌 부지런한 학생이었어. 앞으로도 그러길 바란다."

내가 다른 생각을 하느라고 발레 동작이 흐트러졌던 것이다. 내가 집중하지 않으면 그건 금방 남의 눈에도 티가 났다. 다른 걸로 야단맞는 것보다 발레 시간에 야단맞는 게 몇 배 더 가슴이 아팠다. 난 눈물이 그렁그렁해진 채로 연습실에서 나왔다. 옷을 갈아입고 교실을 지나가다 게시판을 보니 새로운 메모가 붙어 있었다.

'6월 R.A.D 시험 장소가 런던으로 변경되었음. 따라서 교통비와 숙박비를 납부할 필요가 없음.'

난 금세 얼굴이 펴진 채로 브리짓드 선배를 찾아 나섰다. 부활절 초콜릿을 사러 가자고 할 참이었다. 40파운드의 고민이 사라지자 단번에 세상이 달라져 보였다.

2월 16일에 미국의 줄리 고모에게서 밸런타인데이 카드가 왔다. 카드에는 내가 뜨개질해서 보낸 목도리를 잘 받았다고 'tres tres tres beau, Oui(매우 매우 매우 아름답다. 정말이야).' 라고 쓰여 있었다.

2월 14일 밸런타인데이에는 아무 일도 없었다. 한국과 달리 영국에서는 남자든 여자든 가족끼리든, 누구에게나 사랑하는 사람에게 밸런타인데이 카드를 보낼 수 있었다. 그래도 역시 관심거리는 남자 친구에게서 오는 카드였다. 이사벨은 던칸에게 카드와 흑장미 한 송이를 받아들고 종일 입이 벌어져서 다녔다. 나중에 서울에 와서 보니 밸런타인데이엔 여자가 남자에게, 화이트데이(영국엔 그런 날이 없다.)엔 남자가 여자에게 사랑을 고백한다고 했다. 서양 풍습이 한국에 와서 다르게 해석되는 일이 있음을 알게 되었다.

2월 21일은 부모님의 결혼기념일이었다. 나는 축하 전화를 하려고 밤에 몰래 방에서 나와 복도 끝에 있는 공중전화기로 갔다.

화장실에 가는 일 외에 밤에 복도에서 왔다 갔다 하는 건 규칙 위반이었지만 난 꼭 전화를 하고 싶었다. 그런데 전화가 연결되지 않았다. 나는 잠이 쏟아지는 걸 참으면서 열한 시 반, 열한 시 오십 분, 열두 시 십오 분에 각각 복도로 나가 전화를 했다. 하지만 아무도 전화를 받지 않았다.

　나는 다음 날 오후에도 계속해서 전화를 걸었다.

　'집에 무슨 일이 생긴 걸까? 결혼기념일에 내가 전화할 거란 걸 알 텐데, 왜 전화를 안 받지? 무슨 일일까? 아빠 사업이 잘못된 걸까?'

　이틀 밤을 두근거리며 복도에서 방으로 오락가락한 보람도 없이 끝내 전화 연결은 실패하고 말았다. 내 걱정은 점점 커져 갔고, 일기장에는 물음표가 달린 문장이 빽빽했다.

　나만 여기 놔두고 다른 데로 이사 간 게 아닐까? 내가 전화하지 못하게 전화번호를 바꾼 걸까? 브라질 같은 아주 먼 데로 이민을 간 건 아닐까? 나 같은 딸은 돈만 쓰고 속만 썩이니까 버려도 아깝지 않을 거야. 아냐, 그럴 리가 없어. 런던에서 아빠가 얼마나 잘해 주었는데…… 그런데 왜 전화를 안 받지? 결혼기념일 여행이라도 갔나? 아냐, 아빠 가게 때문에 평일에는 여행을 가지 못할 텐데. 사업이 아주 망해서 전화가 끊긴 건 아닐까? 설마 그렇게야 됐을라고? 혹시 재준이가 아파서 병원에 입원한 건 아닐까? 대수술을 받는다든지…… 어떡하지? 대체 무슨 일일까? 이럴 때 내가 할 수 있는 게 아무것도 없다니 난 정말 바보 같다.

저녁밥도 먹으러 가지 않고 침대에 누워서 안절부절못하고 있자 이사벨이 걱정스런 표정으로 다가와 물었다.

"제인, 무슨 일이야? 어디 아파?"

"집에서 전화를 안 받아."

"걱정 마. 어디 여행이라도 가셨겠지. 나쁜 일이 있다면 연락이 왔을 거야."

이사벨은 내가 향수병 때문에 예민해져서 그렇다면서 내 손을 한 번 잡아 주고는 샤워를 하러 나가 버렸다. 로즈마리가 들어오더니 나에게 사무실로 가 보라고 했다.

나는 터덜터덜 걸어서 사무실로 갔다. 사무실 게시판에 내 이름이 쓰인 메모가 있었다. 열어 보니 이렇게 쓰여 있었다.

'제인 강, 부모님 전화번호가 ×××－××××로 변경되었음.'

나는 그 메모지를 가슴에 안고 기숙사로 왔다. 가족에게서 버림받았다가 다시 집으로 돌아가는 기분이었다.

새 전화번호로 전화를 걸어 아버지와 통화를 했다. 난 너무 반가웠지만 아버지는 차분한 목소리로 봄방학 때 런던 아저씨 집에 가서 지내라고 말하고는 금방 전화를 끊어 버렸다.

런던 아저씨는 아버지의 고등학교 동창인데 내가 영국에 유학 올 수 있도록 보증인이 되어 준 분이었다. 이사도 안 했는데 왜 전화번호를 바꾸었는지 설명해 주지도 않고 아버지가 전화를 끊어 버리자 난 너무 서운했다. 울음이 터지려는 걸 간신히 참고 런던 아저씨에게 전화를 했다.

"재인이구나. 그래, 오랜만이지?"

"저 봄방학 때 아저씨 집에 가도 돼요?"

"그럼, 되고말고. 아빠한테 연락받았다. 재인이 아주 용하구나. 그 동안 아주 용감하게 지냈어. 참 착하다."

"제가 뭐 어린애인가요?"

"네가 오면 아줌마가 한국 음식 많이 해 준단다. 기대해라."

아버지보다 더 친절하게 말해 주는 아저씨의 전화가 조금 위로가 되었다. 부활절 휴가(봄방학) 동안 갈 곳이 생기자 나는 마음이 아주 편해졌다. 그리고 봄방학이 지나고 좀더 있으면 여름방학, 그러면 집에 간다고 생각하니 제발 시간이 빨리 갔으면 하는 마음뿐이었다.

나는 일기장 뒤에 날짜와 숫자를 가득 써 놓고 하루에 하나씩 지워 나갔다.

집에 갈 날이 120일 남은 날, 신나는 일이 생겼다. 허스트 선생님이 나에게 글리사드(Glissade : 발이 바닥에서 미끄러지듯 살짝 끌려서 이동하는 스텝)와 푸라뻬(Frappes : 발로 바닥을 치듯 강하게 다리를 앞으로 뻗는 스텝) 시범을 보이라고 했다.

내가 아이들 앞에 나서서 시범을 보이자, 선생님은 아이들에게 '너희도 평가 시험 때 이렇게 정확하게 해.' 라고 말했다.
나는 별로 잘한 것 같지도 않은데 뜻밖의 칭찬을 받자 얼굴이
화끈거렸다.

그 날은 허스트 선생님이 가장 아끼는 이사벨이 아파서 수
업을 빠진 날이었다. 이사벨이 나오지 않아서 나에게 기회가
온 것이지만 어쨌든 기분은 좋았다. 그런데 그 다음 시간에는
체섬 선생님이 화를 내고 나가 버렸다.

"도대체 이 반은 왜 이렇게 못 해? 성의가 없어."

아이들은 투덜거렸다.

"야, 우리가 잘하면 여기 있냐? 로열 발레단에 들어갔지. 못
하니까 배우러 온 거 아냐?"

선생님께 미안해하는 표정을 짓는 아이는 나밖에 없는 것
같았다.

수업이 끝나고 방에 들어가 보니 이사벨이 스페인 노래를
부르고 있었다.

"이사벨, 이제 안 아프니?"

"아침에는 좀 아팠는데 이젠 괜찮아."

"그런데 왜 수업에 안 들어왔어?"

"내가 손을 썼지."

"어떻게?"

"양호 선생님이 결석계에 사인을 하기에는 열이 너무 조금 나는 거 같다고 하더라고."

양호 선생님은 예순 살쯤 된 할머니인데 자기를 시스터 크리스티(Sister Christie)라고 부르게 했다. 나는 그 선생님을 싫어했다. 언젠가 목이 아파서 갔더니 목 안에 뿌리는 오렌지색 약을 내 입술과 코에 다 흘렸다. 눈도 잘 안 보이는 데다 손도 조금 떨려서 실수를 한 것이었다. 새 울 스웨터가 엉망이 되어서 난 그걸 빠느라 무척 고생했다.

"나더러 입 안에 체온계를 넣고 있으라더군. 그래서 양호 선생님이 다른 데 보는 동안 잠깐 차 주전자에다 체온계를 넣었다 빼서 보여 주었지."

"맙소사! 그랬더니 속아?"

"응, 너 열이 너무 높구나. 푹 쉬어라. 그리고 사인했지. 히히히."

최소한 50도가 넘는 찻물에 담갔으니 체온계 온도가 엄청 높이 올라갔을 것이다. 이사벨은 은근히 장난꾸러기였다.

봄방학이 시작되기 며칠 전에 평가 시험이 있었다. 난 13.5점을 받았다. 시험 보는 날 아침에 가슴이 두근거리고 배가 아프더니 결국 점수가 그 모양이었다.

20점을 맞겠다고 결심했는데 이게 뭐람. 이런 점수 로 어떻게 여름에 가족에게 내가 유학 와서 잘하고 있다고 말하지? 다른 건 몰라도 발레만은 잘할 거라고 생각하고 왔는데. 나는 대체 뭐 하는 애지? 나에게 실망이다. 강재인. 제인 강. 너 그렇게밖에 못 하니. 진짜? 이게 뭐야. 14점도 안 되다니. 아무리 아파도 그렇지. 코끼리나 하마도 그 점수는 받을 거야.

일기를 쓰다 말고 나는 하마터면 일기장을 찢어 버릴 뻔했다.

봄방학이 시작되어 런던 아저씨 집으로 갔다. 3월 말에서 4월 말까지 런던의 관광지도 구경하고 영화관에 가서 미하일 바리시니코프가 나오는 〈백야(White Nights)〉도 보았다. 가장 좋은 건 김치랑 밥, 찌개 같은 한국 음식을 실컷 먹는 일이었다.

"악명 높은 영국 음식, 게다가 기숙사 음식이니 오죽했겠니? 많이 먹어라."

아줌마는 내 앞에 음식이 가득 담긴 접시를 여러 개 놓아 주곤 하였다.

오늘은 내 생일. 하루 종일 비가 왔다.

아침 일곱 시에 일어났다. 그런데 아무도 일어나지 않았다. 왜냐하면 어제 손님들이 밤늦게 갔기 때문이다. 아홉 시까지 가만히 누워 있었다. 아홉 시 이십 분쯤 아줌마가 내 방으로 와서 '해피버스데이, 재인이.' 하면서 꼭 안아 주었다.

아침을 먹고 나서 선물을 열어 보았다. 엄마 아빠한테 온 선물은 청치마, 회색 양말, 인형이었다. 엄마의 카드엔 '심심하면 인형을 안아 주고, 사랑해 주어라.'라고 쓰여 있었다. 청치마를 입고 전화를 했다.

엄마는 내 편지를 받았다고 했다. 아빠는 '해피버스데이! 건강하니?'라고 물어 보았다. 재준이는 '누나, 생일 축하해!'라고 했다. '재준아, 누나 이제 삼 개월만 있으면 집에 갈 거야.' 했더니 '응.' 하면서 세 식구가 한꺼번에 전화에 대고 '해피버스데이!' 하고 소리를 질렀다. 눈물이 왈칵 쏟아졌다. 나는 아저씨 식구들이 볼까 봐 얼른 눈물을 닦았다. 마음 약한 어린애처럼 보이고 싶지 않았다.

가족 없이 생일을 보내는 건 참 슬픈 일이라는 걸 알았다. 쿠웨이트에서 지낸 생일이 생각난다. 1년 전인데, 식구들 목소리를 전화로 듣고 나니 그 생일 파티가 어제 같은 느낌이었다. 아줌마는 공연할 때 쓰라고 메이크업 세트를 선물로 주었다. 내가 공연하는 모습을 엄마 아빠, 재준이가 보게 될 날이 올까?

봄방학이 끝나고 학교에 가자 친구들은 모두 방학 동안 다친 6학년 선배에 대해 얘기하느라 바빴다. 클레어 캐틀이라는 여학생이 있었는데 '프리 드라상(Prix de lausanne)'이라는 국제적인 발레 콩쿠르에 참가할 정도로 발레를 잘했다. 나는 그 선배가 콩쿠르에 다녀온 뒤(그 때는 스위스에서 열렸다.) 보고회를 할 때 봤다. 강당에 전교생을 모아 놓고 쿠웨이트 출신 남학생과 같이 콩쿠르에서 느낀 점, 경향 같은 걸 얘기했다. 그 때 그 콩쿠르에서 1등을 한 학생은 일본인이었다. 나는 그 얘기를 듣고 동양 애들도 열심히 하면 일류가 될 가능성이 있다는 희망을 가졌다.

발레 수업에 들어가니 허스트 선생님도 그 선배 얘기를 했다.

"클레어는 승마를 하다 허리를 다쳤는데 일상생활엔 별 지장이 없지만 발레는 못 하게 되었단다. 너희도 방학 때 다른 스포츠를 할 기회가 많을 텐데 항상 조심해야 돼. 특히 승마와 스키는 안 하는 게 좋아. 스키는 발레 할 때와는 전혀 다른 근육만 집중적으로 사용하게 되니까 잠깐은 몰라도 연속해서 훈련받으면 안 좋아. 승마는 허리를 다칠 위험이 있고. 아무튼 무얼 하든지 발레를 위해 몸을 먼저 생각해야 돼. 알았지?"

봄 학기는 매일 매일이 희망이었다. 집에 갈 날이 하루하루 가까워진다는 게 얼마나 좋은지 몰랐다. 날씨가 점점 더워지니까 아이들은 매 시간마다 하늘을 올려다보았다.

"야호, 햇볕 났다!"

아이들은 우르르 기숙사로 가서 반바지에 짧은 티셔츠, 좀 과감한 애들은 아예 비키니 수영복을 입고 잔디밭으로 뛰어나왔다. 선생님들이 지나가다 보고 너무 야한 차림이면 뭐라고 한 마디씩 했지만 아이들은 신경쓰지 않았다.

햇볕이 나면 수학 시간이나 과학 시간엔 아예 수업을 빼먹고 잔디밭에서 서로 기름을 발라 주면서 선탠을 하는 아이들도 있었다.

처음엔 아이들이 선탠하는 게 우스워 보였지만 곧 나도 덩달아 하게 되었다. 영국의 날씨는 환한 햇볕을 보기가 어렵기 때문에 잠깐씩 맑게 갠 날이 너무 아름다워 보였다. 해가 그렇게 고마운지 예전엔 몰랐다.

여름 학기엔 발레 공연 오디션에 뽑힌 시니어들이 너무 부러웠다. 봄 학기의 뮤지컬과는 달리 여름 학기말에는 정통 발레 공연을 하는데 그 공연에 참가하는 것이 우리 학교 학생들 모두의 소원이었다.

여름은 나뿐만 아니라 다른 아이들에게도 들뜬 기분을 주는 마력이 있었다. 선탠을 해서 그런지 아이들은 더욱 건강해 보였고 명랑했다. 학교 전체 분위기가 밝았고, 난 집에 갈 생각으로 히죽히죽 웃으며 다녔다.

드디어 여름방학이 되었다. 방학 열흘 전에 아버지에게서 비행기 표와 함께 두터운 편지가 왔다. 나 혼자 비행기를 타야 해서 아버지는 걱정이 많은 모양이었다. 공항에서 짐 부치는 법, 세관 신고서 작성하는 법, 보딩(Boarding) 티켓 받는 방법, 비행기에서 멀미가 날 때 대처 방법 등 너무 자세하게 차례대로 설명하느라 아버지 평생에 가장 두터운 편지를 써 보냈다.

방학 날, 친구들과 작별 인사를 하고 학교 택시(학교 택시는 나 같은 해외 학생을 공항에 데려다 주고 데려오는 일을 맡는다.)에 올라탔다. 다시는 안 돌아올 사람처럼 옷과 책을 너무 많이 꾸려서 택시 뒤 트렁크가 꽉 찼다.

나는 비행기 이륙 시간에 딱 맞게 도착해서 보호자 없이 여행하는 아이들을 위한 좌석을 배정 받지 못했다.

플라잉 머더(Flying mother : 혼자 여행하는 18세 미만 아이를 돌봐 주는 스튜어디스)가 와서 따로 앉아서 어떻게 하냐고 걱정스레 물었다. 난 목을 빳빳이 하고 대답했다.

"혼자 잘할 수 있어요. 걱정 마세요."

어른들 틈에 앉은 나는 스스로를 대견스러워했다.

'저런 꼬맹이들 틈에 끼어 가지 않는 게 다행이지 뭐. 내가 일 년을 무사히 보내고 집에 가는구나. 울고 싶은 것도 많이 참고, 못된 애들하고도 안 싸우고 지내고, 발레도 나름대로 열심히 했고……. 유명한 발레리나가 되려면 이보다 더한 고통도

건더 내야 할 거야. 내 나이에 이 정도면 잘 해낸 거지. 안 그 래?'

홍콩에서 무사히 비행기를 갈아타고 서울로 왔다.

"곧 김포공항에 착륙하오니 안전벨트를 매 주세요."

스튜어디스 언니의 말이 너무나 달콤하게 들렸다.

"재인아."

"엄마, 아빠! 재준아!"

우리 가족은 서로 껴안고 얼굴을 맞대고 또 껴안기를 몇 번 이나 반복했다. 우리가 하도 요란스럽게 포옹을 하니까 다른 사람들이 쳐다볼 정도였다. 가족의 얼굴을 본다는 게 그렇게 행복한 일인 줄은 가족 곁을 떠나 외롭게 있어 보지 않은 사람 은 모를 것이다. 우리는 서둘러 주차장으로 갔다.

"재인아, 앞에 타라."

어머니는 나를 슬쩍 밀면서 앞문을 가리켰다. 난 얼른 아버 지 옆자리에 올라탔다. 재준이는 그 동안 키가 더욱 커졌고, 아 버지의 배는 조금 더 나왔고, 어머니는 더 세련되어진 듯했다. 나는 내가 1년 동안 영국에서 얼마나 잘 지냈는지 요약해서 얘 기했다. 공항에서 집까지의 거리는 괴로웠던 일, 눈물 나던 일 까지 얘기하기엔 너무 짧았다.

집에 와서 대충 짐을 풀고 내 침대에 누워 보았다. 1년 동안 날 기다려 준 침대에게 키스라도 하고 싶은 심정이었다.

문을 열면 저쪽 방에, 거실에, 부엌에 가족이 있고, 밥통엔 구수한 밥이 있고 냉장고를 열면 김치가 들어 있는 집. 이게 바로 진짜 우리 집이었다.

긴장이 풀린 나는 재준이에게 학교 얘기도 해 주지 못하고 깊은 잠에 빠져들었다. 얼마 만에 편하게 잠드는 것인지…….

오데트 : 집이 너무 좋아서 다시 학교에 가기 싫었겠네요?

쿨라라 : 그런데 조금 지내 보니 집안 분위기가 이상하다는 걸 느꼈어. 그래서 방학이 즐겁지만은 않았지.

오데트 : 전화번호를 바꾼 게 무슨 이유가 있었던 거군요?

클라라 : 내가 떠나 있는 동안 집에 무슨 일이 있었던 것 같았어.

오데트 : 그러면 집에 가서도 완전히 편했던 건 아니군요.

*5
나쁜 예감

우리 가족은 아버지 친구 가족과 함께 제주도행 비행기를 탔다. 나는 제주도에 처음 간다는 사실보다도 가족과 3박 4일 동안 함께 지낸다는 사실에 입이 찢어질 지경이었다. 아버지도 1년 만에 처음 휴가를 내서 놀러 간다고 했다. 그런데 재준이는 얼굴이 밝지 않았다. 재준이는 그 때 겨우 초등 학교 2학년이었고, 나랑 1년 만에 만나서 들떠 있을 법했는데, 그렇지 않았다. 비행기 안에서 어른들은 앞쪽에 앉고, 아이들은 뒷줄에 앉았다. 난 재준이에게 살짝 물었다.

"너, 비행기 타는 게 무서워서 그러니?"

"아냐."

"기분이 안 좋아 보이는데?"

"좋아."

"참, 우리 집 전화번호 왜 바꿨니?"

"이상한 전화가 자꾸 와서."

"이상한 전화?"

재준이는 더 이상 말을 안 하고 눈을 감고 자는 시늉을 했다. 무언가 재준이를 골치 아프게 하는 일이 있는 것 같았다. 하지만 이제 재준이도 꼬마가 아니었다. 말하기 싫은 것도 있을 법한 나이였다. 나는 더 이상 캐묻지 않기로 했다.

영국에 가기 전에는 늘 싸우던 사이였는데 1년 만에 만나고 보니 반갑고 사랑스러운 동생이었다. 재준이는 미국에서 태어났기 때문에 우리 집에서 유일하게 미국 시민권을 갖고 있다. 재준이는 나이보다 키가 커서 또래 아이들보다 훌쩍 커 보였다. 그리고 얼굴이 귀공자형이어서 어머니는 늘 '우리 아들, 우리 아들' 노래를 부르고 살았다. 나는 아들만 편애하는 어머니가 좀 섭섭할 때도 있었지만 영국으로 떠날 때부터 난 어머니가 재준이에게 더 관심이 많을 걸 다행으로 여기기로 했다. 그렇지 않았더라면 어머니는 아버지가 뭐라 해도 날 놓아 주지 않았을 테니까. 내가 없는 동안에도 재준이가 있으니 어머니는 덜 외로웠을 것이다.

아버지 친구 아들 중에 나보다 두 살이 많은 석호라는 남자 애가 있었다. 얼굴은 별로 잘생기지 않았는데 키는 좀 큰 편이었고 공부를 잘한다고 했다. 공항에서 인사를 나눈 뒤로 석호는 비행기 안에서 줄곧 창밖만 내다보았다. 비행기에서 내리고 나서야 나에게 말을 붙였다.

"너, 영국에서 왔다면서?"

"응."

"그럼 영어 잘하겠구나."

"조금."

"좋겠다."

그 말뿐이었다. 우스운 애였다.

나는 언제나 내 또래 애들보다 내가 훨씬 조숙하다고 믿고 있었다. 더구나 기숙사 생활을 하다 보니 그 믿음이 더욱 강해졌다. 나보다 두 살이나 위인 석호도 코흘리개로 생각되었다. 석호는 휴가 동안 내게 잘해 주려고 애썼는데 나는 그 때마다 무안을 주기 일쑤였다. 그게 아버지 눈에도 보였던 모양이다.

"재인아, 너 왜 석호에게 못되게 구니?"

"내가 뭘……."

"아빠가 사흘 동안 쭉 지켜봤는데 석호는 뭐든지 양보하고 친절하게 하는데 넌 늘 앙칼진 표정이더라. 왜 그래?"

"석호가 좀 지루해서 그렇지, 난 못되게 안 굴었어."

"아빠가 가게 열 때 석호 아빠가 얼마나 큰 도움을 줬는지 알아? 그런데 넌 석호를 그렇게 바보로 만들면 되겠니?"

"아빤 정말 왜 그래? 아빠와 석호 아빠의 관계는 나랑 상관 없어. 그리고 난 석호를 바보로 만든 적 없어."

"너 아빠한테 그렇게 눈을 치뜨고 대드는 버릇은 어디서 배웠어? 아까도 그래. 석호가 뭐 물어 보니까 영어로 쏘아붙여서 석호를 무안하게 했잖아."

아버지는 내가 영국에 가더니 버릇이 없어지고, 저만 알고, 신경질만 늘었다고 꾸중을 했다. 난 화가 나서 콘도 밖으로 나와 버렸다. 저녁을 먹은 뒤라 더운 것도 좀 가라앉았고, 잔디밭에 앉아 깜깜해지는 바다를 바라볼 생각이었다.

그런데 벤치엔 벌써 어머니가 앉아 있었다. 난 어머니에게 달려갔다. 어머니는 나를 이해해 주리라 생각했다.

"엄마, 아빠가……."

"너 선탠 너무 많이 했구나. 피부 다 벗겨지겠다."

"괜찮아. 근데 엄마, 아빠가 있잖아……."

"내일 저녁 비행기로 서울 가니까 미리 짐 좀 꾸려 놓자."

어머니는 먼저 콘도 쪽으로 걸어가 버렸다. 나는 어리둥절했다. 어머니는 평소와는 다르게 지나치게 싸늘했다.

'엄마가 기분이 안 좋은가?'

난 그렇게 생각하고 여기저기 산책을 했다. 20분쯤 있다 콘도에 돌아와 보니 어머니는 누워서 TV를 보고 있었고, 재준이는 잠이 들었고, 아버지는 나갔는지 보이지 않았다.

"엄마, 아빠는?"

"친구들과 횟집에 가는 것 같더라."

"엄마는 왜 안 갔어? 엄마도 회 좋아하잖아."

"어제 먹었는데 뭘."

화끈화끈한 살갗에 찬물을 끼얹었더니 간지럽기도 하고 따갑기도 해서 난 서둘러 샤워를 끝내고 욕실에서 나왔다.

소파엔 아무도 없었다.

'어? 엄마가 어디 갔지? 회 먹으러 갔나?'

짐을 챙기고, TV를 보다가 졸려서 시계를 봤다. 열한 시 반이었다.

'들어오시겠지, 뭐.'

재준이 배에 큰 수건을 올려 주고, 나는 옆방으로 가서 잠을 잤다.

제주도에 갔다 온 뒤, 우리 집은 분위기가 온통 어수선했다. 나는 나대로 쏘다니고, 아버지는 가게일 때문에 밤 아홉 시, 열 시가 넘어서 들어오는 게 보통이었고, 어머니도 외출이 잦았다. 재준이는 작은집에 가서 사촌들과 어울려 지내는 게 더 재미있는지 방학의 절반을 작은집에서 지냈다.

나는 한 달도 되기 전에 서울 생활이 따분해졌다. 영국에서 내가 그토록 그리워하던 집이 바로 여기였나 의심스러울 정도였다.

어느 날, 외출이 잦은 어머니 대신 청소하고 설거지하느라 짜증이 난 나는 현관 앞에서 외출하려는 어머니에게 소리를 지르고 말았다.

"엄마, 또 어디 가?"

"친구 만나러."

어머니는 날 쳐다보지도 않고 구두코의 흙먼지를 휴지로 닦아 냈다.

"무슨 친구를 그렇게 자주 만나?"

나는 허리에 두 손을 얹고 앙칼지게 물었다.

어머니는 싸늘한 눈빛으로 날 바라보았다. 1년 전, 날 영국으로 떠나보낼 때의 눈빛과는 전혀 달랐다. 난 갑자기 가슴이 섬뜩해졌다.

"내가 네 간섭을 받아야 할 처지니? 엄마가 중요한 일이 있어서 좀 바빠. 그래서 나가는 거야."

"뭐가 그렇게 중요해? 나랑 재준이 저녁도 안 차려 주고."

"너 영국 갔다 오더니 버릇이 너무 없어졌구나? 밥하고 반

찬 다 있는데 차려 먹는 게 그렇게 힘드니?"

어머니는 '쾅' 하고 현관문을 닫고 나가 버렸다. 나는 이상하게도 기분이 차분하게 가라앉았다. 이건 아니었다. 나는 버스를 타고 아버지 가게로 갔다.

"아빠!"

전자 제품 대리점은 올망졸망한 물건들이 가득 차 있어서 손님이 없어도 부산스러워 보였다.

"재인이가 아빠 가게엔 웬일이야? 오늘은 수영장 안 가니?"

"아빠, 장사 잘 돼?"

"장사? 오늘 좀 이상한데? 재인이가 그런 걸 다 묻고……. 용돈 필요하니?"

"아빤 내가 무슨……. 엄마가 있잖아, 아빠……."

그 때 전화벨이 울렸다.

"잠깐만 기다려라."

아버지는 한참 동안 전화 통화를 하더니 한 실장 아저씨에게 뭐라고 지시를 하고 무슨 전표를 쓰느라 바빴다.

"아빠, 장사 잘 되네?"

"에어컨이 잘 팔리는구나. 밥통이나 다리미, 라디오 파는 것보다는 에어컨 한 대를 파는 게 속은 더 편하지. 겨울에도 히터랑 온풍기가 에어컨처럼 많이 팔리면 우리 재인이를 달나라에도 유학 보낼 수 있겠다."

한 실장 아저씨가 창고에서 무슨 부속품 같은 것과 공구 상
자를 들고 나오자 아버지는 황 언니에게 '한 시간쯤 있다 올
게.' 라고 말하고 소파에서 일어났다.

"재인아, 아빠 바쁘니까 그냥 가라. 이번 주 일요일에 다 같
이 드라이브 하자."

"네."

나는 터덜터덜 걸어 나와, 땡볕 속에서 한참을 기다린 뒤에
야 버스를 탔다. 버스 안도 역시 후텁지근했다. 나는 속이 울렁
거리고 멀미가 나는 걸 간신히 참았다. 집에 와서야 겨우 속이
가라앉았다.

낮잠을 자고 일어나 보니 작은집에 갔던 재준이가 돌아와
있었다.

"재준아, 일요일에 아빠가 우리 식구 다 같이 드라이브 한
대. 우리 어디 갈까?"

"정말? 엄마도 간대?"

"가겠지."

"아니, 엄마는 안 갈 거야."

재준이는 맥없이 말하고는 자기 방으로 들어가 버렸다.

'피, 날씨가 더우니까 다 이상해졌어.'

난 그렇게 아무렇지 않게 생각하고 다시 늘어져서 낮잠을 잤다.

일요일에 아버지는 나와의 약속을 지키지 못했다. 에어컨이 잘 팔려서 물건을 구하러 공장에 가야 했기 때문이다. 내 기대들은 하나하나 무너져 갔고 그 실망들에 나는 익숙해져야 했다.

덥다. 화가 나서 더 덥다.

집에 오면 굉장히 행복할 줄 알았다. 그런데 이게 뭐람. 내가 생각했던 집에서의 생활은 이런 게 아니었다. 더 포근하고 더 아늑하고 더 즐거운 것이었는데…… 그리워할 때가 더 좋았다. 그 때는 울면서 집과 가족을 생각했다. 지금은 곁에 있는데도 가족이 미워진다. 이게 아닌데…….

방학이 보름쯤 남은 8월 중순 무렵, 어머니의 생일이 있었다. 그 날 마침 미국에서 대학에 다니던 고모도 서울에 와 있어서 우리 집에 왔다. 오랜만에 아버지도 일곱 시에 일찍 퇴근해서 집에 왔고, 어머니가 좋아하는 초콜릿 케이크도 준비해 놓았다. 그런데 어머니는 자기 생일도 잊은 모양이었다.

우리는 어머니를 기다리면서 TV를 보다가 점점 짜증이 나기 시작했다.

결국 여덟 시가 되어 버렸다. 너무 배가 고팠다.

"엄마가 친구들하고 생일잔치를 하는가 보다."

아버지는 화를 억누르느라 벌겋게 달아오른 얼굴에 어울리지 않는 차분한 목소리로 우리에게 먼저 저녁을 먹자고 말했다.

"나, 케이크 먹고 자고 싶은데……."

재준이는 어머니를 기다리고 기다리다 결국 케이크도 못 먹고 열 시에 잠이 들었다.

아버지는 케이크를 통째로 냉장고에 넣고 나에게 말했다.

"들어가 자라. 늦었다. 아빠 혼자 기다려도 돼."

아버지가 너무 슬퍼 보여서 난 아무 말도 못 하고 내 방으로 들어갔다.

그러나 잠은 오지 않았다.

열두 시가 거의 다 되었을 무렵, 현관문이 열리는 소리를 듣고 나는 신경이 곤두섰다. 혹시 아버지가 소리를 지르지 않을까 걱정이 되었다. 다행히 아무 소리도 나지 않았다. 나는 오랫동안 뒤척거리다가 힘들게 잠이 들었다.

생일 소동이 지나가고 어머니는 외출을 거의 안 했다. 그 대신 나에게 잔소리하는 일이 늘어났다. 난 이제 다시 영국으로 가는 날만 손꼽아 기다리게 되었다. 아버지도 어머니도 나에게 '이기적이고 신경질만 내는 예의 없는 아이'라고 꾸중을 했다.

난 기숙사에서 그런 자질구레한 일로 잔소리 듣는 일 없이 살다가 사사건건 부모님과 부딪치게 되자 피곤하고 짜증나는 일이 많아졌다. 아버지는 이런 말까지 했다.

"너 영국 가지 마라. 그냥 서울에서 발레 해. 발레 배우러 보냈다가 성격만 이상해졌어. 사람이 무엇보다도 성격이 좋아야지. 그래 가지고 발레만 잘 하면 뭐 해? 영국 가지 마."

"아빠, 어떻게 나한테 그런 말을 해?"

"얘 봐. 얘 말하는 거 봐. 여보, 얘 비행기 표 예약한 거 취소해 버려."

난 엉엉 울기 시작했다. 어머니가 차분하게 말했다.

"영국에 보내자고 한 건 바로 당신이에요. 이제 와서 서울에서 발레를 하라고요? 당신은, 재인이가 무슨 축구공인 줄 알아요? 여기로 뻥, 저기로 뻥. 뭐 하나 시작했으면 끝을 봐야지. 재인인 다시 영국에 가야 돼요. 서울에서는 다시 적응 못 해요."

나는 영국에 다시 못 갈까 봐 두려웠고, 어머니와 아버지가 나 때문에 심하게 싸울까 봐 걱정이 되었다.

"아빠, 나 영국에 다시 갈 거야. 가서 잘할게……"

나는 아버지의 눈치를 살폈다. 아버지는 잠자코 화장실로 들어가 버렸다. 아버지도 갈등이 심한 듯했다.

나는 바보다. 지금 엄마도 아빠도 다 신경이 날카로운 상태인데 그걸 몰랐다. 내가 기쁘게 해 드려야 하는데…… 더 신경만 쓰게 바보처럼 굴었다. 정말 아빠 말대로 나는 영국에 있는 동안 눈치 없고 이기적인 아이로 변한 모양이다.

집에서는 일기를 쓰다가 울 일이 없을 줄 알았다. 일기장 군데군데 또 눈물을 묻히고 말려야 했다.

다행히 아버지는 내 비행기 표를 취소하지 않았다.

"엄마, 아빠, 재준아, 안녕!"

나는 애써 웃으면서 손을 흔들고 출국장 안으로 들어갔다. 일 년 전과는 또 다른 불안감이 있었지만 그걸 드러낼 수는 없었다. 내 자리를 찾아 앉고 보니 갑자기 겁이 났다.

'어쩌지? 방학 동안 엄마랑 아빠가 나한테 실망만 하셨을 텐데…… 잘할걸. 이제 식구들이 아무도 날 그리워하지 않으면 어쩌지? 언제 또 서울에 오게 될까? 내가 못되게 굴어서 서울행 비행기 표를 다시는 안 보내 주면 어떡하지?'

비행기가 이륙하자마자 난 눈물이 쏟아지기 시작했다.

'영국에 가면 또 외롭고 힘든 날들이 기다리고 있을 텐데. 엄마랑 아빠한테 더 잘할걸. 재준이랑도 좀더 많은 얘기를 했어야 했는데……'

눈물이 나오기 시작하자 걷잡을 수 없이 슬퍼졌다. 난 설움에 복받친 것처럼 엉엉 울기 시작했다. 그러자 스튜어디스가 놀라서 다가왔다.

"괜찮니?"

"괜찮아요. 걱정 마세요."

다시 영어로 말해야 하는 생활이 시작된 것이다. 억지로 울음을 멈추고 창 밖을 보니 구름이 눈 아래 가득했다. 그 구름들에 내 슬픔을 나누어 둥둥 실어 보내고 싶었다. 잠시 뒤 또다른 스튜어디스가 와서 물었다. 내가 얼굴을 몹시 찡그리고 있었던 모양이었다.

"어디 아프니? 약 줄까?"

"아뇨. 괜찮아요."

첫 번째 음료 서비스가 끝날 때쯤, 내 슬픔도 조금 가라앉았다. 뒤쪽의 화장실로 가서 거울을 들여다보았다. 휴지에 물을 묻혀 얼굴을 닦았다. 심호흡을 하고 고개를 빳빳이 들었다.

'그래, 울면 나만 바보처럼 보이는 거야. 다시는 울지 말아야지.'

난 자리로 돌아와 앉았다. 조금 뒤에 스튜어디스들이 식사를 나누어 주기 시작했다. 세상에서 가장 맛없는 음식이 바로 기내식이라지만 나는 소스까지 말끔히 먹어치웠다.

'영국에 도착하면 다시 다이어트를 해야 되니까 이건 먹어 둬야 해. 기운 내서 살아야지. 나도 이젠 시니어(senior)인 데…….'

승무원이 기내식 쟁반을 걷어간 뒤, 나는 머릿속으로 발레 스텝을 하나씩 상상하면서 시간을 보냈다. 방학 동안 발레 연습 한 번 안 하고 지낸 내 자신이 부끄러워졌다. 발레에 대한 열정이 다시 피어 오르기 시작했다.

4학년이 되자 발레 선생님이 바뀌었다. 웩슬러 선생님은 애가 둘인 유부녀인데 원래 스페인 춤이 전공이라고 했다. 발레도 가르치고 스페인 춤도 가르쳤다.

나는 스페인 춤이 굉장히 맘에 들었다. 스페인 춤도 역시 난이도에 따라 시험을 보는 제도가 있기 때문에 건성으로 해서는 안 될 것 같았다. 스페인 춤은 나와 뭔가 통하는 것 같았다.

옷도 화려하고 움직임도 매혹적이고 캐스터네츠의 소리도 재미있었다. 약간 거만한 듯한 표정으로 춤을 추는 것도 내 맘에 쏙 들었다. 내가 스페인 춤을 열심히 추자, 웩슬러 선생님도 나에게 관심을 보이기 시작했다.

시니어가 되니까 공부할 것도 많아지고 진도도 빨랐다. 발레 스텝도 점점 어려워졌다. 좋아진 건 일 주일에 두 번 외출을 할 수 있다는 것이었다. 세 명 이상이 함께 신청하면 나갈 수 있었다.

나는 기숙사 친구들과 잘 지내게 되었다. 조금씩 철이 들어서인지 서로에게 쓸데없이 시비 거는 일이 없어서 평화롭기도 했지만, 내가 영국 문화에 익숙해져서 영국 아이들 식으로 생각하고 행동하게 된 이유도 있었을 것이다.

너무 적응을 잘 했는지 난 슬슬 까불게 되었다. 장난칠 궁리만 했고 공부 시간에도 아이들과 시시덕거릴 때가 많았다. 옷차림은 점점 요란해졌고 남학생에게 관심이 많아졌다.

루펏을 짝사랑하던 순진함은 없어지고 조금만 괜찮게 생긴 남자 애만 보면 관심을 끌려고 장난을 치고 큰 소리로 웃기도 했다. 대담해진 것이다.

가을 학기가 시작되고 한 달이나 지났을까? 아이들은 나에게 짜증을 내기 시작했다. 내가 너무 설치니까 꼴불견이었던 것이다. 나는 그걸 미처 알아차리지 못하고 지냈다.

우리 반 남학생 세 명은 여전히 짓궂었다. 어느 날은 복도에서 마주쳤는데 날 불러 세웠다.

"제인, 잠깐만."

"왜?"

"너 머리 그렇게 묶지 마. 눈이 양 옆으로 찢어질 것 같아."

"그리고 너, 아까 물 마시는 거 보니까 이상하게 마시더라."

"제인, 너 이거 중국 공이구나, 그렇지?"

한 애는 내 은색 귀고리를 손가락으로 톡톡 쳤다. 콩알만한 공 모양의 귀고리를 하고 있었는데 그걸 가지고 놀리기 시작했다. 셋은 몸을 좌우로 흔들면서 우스꽝스런 노래를 불렀다.

"강, 강, 제인 강, 중국 공, 중국 공, 공을 달았어."

아이들은 재미있다는 듯 노래를 불렀고, 난 무척 화가 났다.

"뭐야? 이 버릇없는 자식들!"

나는 바로 앞에 서 있던 애의 따귀를 때리고 고래고래 소리를 질렀다. 복도에서 그 난리를 쳤으니 아이들이 다 쳐다보았고, 금방 선생님이 달려왔다. 역사 선생님은 씩씩거리는 나와 어이없어하는 남자 애들에게 자초지종을 물었다.

"양쪽 다 잘못했군. 제인, 친구들이 농담 좀 했다고 욕을 하고 폭력을 써? 사과해라. 그리고 너희도 여학생에게 그런 장난을 치는 게 아냐. 사과해. 어서! 서로 화해해."

서로 사과할 마음이 없었다. 하지만 역사 선생님은 우리를 다그쳤다.

"교장 선생님 앞에 가서 사과하고 싶어? 얼른 사과해. 어서!"

남자 애 셋과 나는 서로 한참을 노려보다 할 수 없이 화해하는 시늉을 했다.

"미안해."

"정말 미안해."

선생님은 악수를 하라고 했다. 그러고 싶지 않았지만 하는 수 없이 악수를 하면서 난 비비 꼬인 목소리로 말했다.

"너무너무 미안해. 진짜야."

"나도 그래. 미안해 죽을 지경이야."

따귀를 때린 나도, 맞은 애도 서로의 속셈을 알면서 가식적인 말투로 '미안해'를 외쳐야 했다.

역사 선생님이 간 뒤, 우린 혓바닥을 한번 날름 보이고 돌아섰다.

내가 학교에서 소란을 피우긴 그 때가 처음이었다. 그 후로 우리 반 남자 애들은 나에게 장난을 치지 않았다. 내가 보기보다 독종이란 소문이 났는지 다른 학년 학생들도 날 동양 애라고 놀리는 일은 더 이상 없었다.

우리 반은 어찌된 일인지 수업 시간이나 숙제 시간 할 것 없이 언제나 시끄러웠다. 같은 학년의 옆 반은 그렇지 않았는데 유독 우리 반은 누가 숙제 시간(오후 8시~9시 반)에 공부를 좀 하려고 하면 빈정거렸다.

"우와, 쟤 공부벌레잖아. 본받아야지. 굉장하군."

어떤 때는 장난만 치던 나도 공부가 걱정될 정도로 분위기가 산만했다. 누가 공부를 하면 비웃고 떠들어 대니 도저히 집중할 수가 없었다.

날씨가 점점 차가워졌다. 난 또다시 집이 그리워지기 시작했다. 내가 너무 소란을 떠니까 아이들이 다시 날 멀리하기 시작했고, 친구들과의 사이가 안 좋아지자 집이 그리워진 것이다.

여름방학 동안 집에서 지낼 때 잘못한 일만 자꾸 생각나 후회가 되었다. 어머니와 싸운 것도 후회가 되었고, 부모님이 날 영국까지 보내 주느라 고생하는 게 무척 고맙다는 생각도 하게 되었다.

친구들 중에는 하나 둘씩 담배를 피우는 아이들이 생겼다. 주로 화장실이나 강당 뒤 숲에서 몰래 피웠다. 나도 한 번쯤 담배를 피워 보고 싶다는 생각은 했지만 걸리면 적어도 정학이기 때문에 겁나서 피울 엄두를 못 냈다.

"이사벨, 너도 담배 피워 봤니?"

"너 미쳤니? 담배 피우려고 그래?"

이사벨은 펄쩍 뛰었다. 내가 오히려 당황할 지경이었다. 유럽에서는 아이들이 일찍 담배를 피우는 것으로 알고 있었던 나는 이사벨의 그런 태도가 이상했다.

"아니, 그냥 물어 본 거야."

"제인. 너, 만일 담배 피우면 나랑 친구 아니야. 기억해. 난 남자든 여자든 담배 피우는 거 싫어. 담배 냄새라면 지긋지긋하다."

"왜?"

"스페인에서는 십 대들도 담배를 많이 피워. 하지만 난 죽을 때까지 담배 안 피우기로 결심했어. 우리 엄마가 얼마나 골초 인 줄 아니? 하루 종일 집 안에 담배 연기가 자욱해."

"너네 엄만 영국인이잖아."

"그게 무슨 상관이니? 스페인 남자랑 살아서 그런지 이젠 스 페인 골초가 다 됐어."

"우리 방에선 로즈마리랑 캐시가 담배를 피우는 것 같아."

"정말 피워야 하는 사람은 켈리야."

"그건 또 왜?"

"걘 살 좀 빼야 되니까."

"담배 피우면 정말 살이 빠지니?"

"생각해 봐. 담배 물고 있는 동안은 과자를 못 씹잖아."

"그게 이유야? 나, 참."

이사벨이 하도 강하게 금연을 부르짖는 바람에 난 담배에 대한 호기심에서 벗어날 수 있었다. 담배 때문에 친한 친구를 잃고 싶지는 않았다.

학교에서는 겨울 공연으로 〈빨간 모자(Little Red Riding Hood)〉를 하기로 결정되었다. 나는 은근히 기대를 하고 발레 시간마다 선생님께 잘 보이려고 더 열심히 했다. 부모님들이 보러 오는 무대에서 멋진 역을 맡고 싶은 욕심에 무릎이 아플 정도로 관절 마디마디에 힘을 줘 가며 연습을 했다.

캐스팅 발표가 있던 날, 난 또 실망하고 말았다. 난 늑대 역을 맡게 되었다. 할머니를 잡아먹는 주인공 늑대가 아니라 그냥 분위기만 내는 조연급 늑대였다.

너무 실망을 해서 그 날 일기도 짧게 쓰고 끝냈다.

도대체 난 왜 캐스팅할 때마다 중요한 배역에서 밀려나는 걸까?
난 계속 운이 없는 아이일까?

늑대 역은 정말 짜증났다. 연습할 때마다 털옷을 입었는데 너무 무겁고 더웠다. 또 보조 늑대들은 노래도 안 부르고 소리를 지르면서 무서워 보이는 동작만 하는 게 너무 초라해 보였다. 난 공연에 나가기가 싫었다. 연습도 지루했다. 편지 쓰기도 싫었다. 그러던 중 아버지에게서 짧은 편지가 왔다.

사랑스런 딸, 재인아!
건강하게 잘 지내고 있지? 여기 식구들은 모두 잘 있다.
얼마 안 있으면 겨울방학이 되는데 집에 오고 싶겠구나.

미안하지만 이번 겨울방학에도 런던 아저씨네 가서 지내거라.
아저씨에겐 내가 전화하마. 겨울방학은 그리 길지도 않은데,
많은 비용을 들여 가며 서울에 오는 건 무리인 듯하구나.
대신 여름방학엔 집에 와서 다 같이 재미있게 지내자꾸나.
공부 열심히 하고 건강해라.

- 아빠가

난 절로 한숨이 나왔다. 다른 애들은 일 주일간의 중간 방학
때도 집에 가고 식구들과 여행도 다니는데 난 겨울방학에도 남
의 집에서 지내야 하다니…….

크리스마스 공연을 끝내고 브리짓드 선배 집에 갔다. 브리
짓드 가족은 여전히 나에게 친절했지만 브리짓드 어머니의 건
강이 좋지 않아서 오랫동안 신세를 질 수가 없었다. 난 일 주일
만에 런던 아저씨 집으로 짐을 옮겼다. 큰 집에서 맛있는 한국
음식을 먹으며 지냈지만 재미있지는 않았다. 자꾸만 슬픈 생각
이 들었다. 아빠가 날 집에 못 오게 한 것이 꼭 나를 덜 사랑해
서 그런 것만 같았다. 나를 우리 집에서 쫓아내는 것만 같았다.
새해가 되었지만 기분은 조금도 나아지지 않았다.

다시 봄 학기가 시작되어 학교로 돌아왔다.

개학을 하면 늘 아이들은 방학 동안 가족과 어떻게 지냈는

지에 대해 얘기했다. 그럴 때 난 할 얘기가 없었다. 겨울방학은 크리스마스가 있기 때문에 더욱 가족적인 행사가 화제가 되기 마련인데 난 집에 가지도 못했다는 게 창피했다.

'왜 난 집에 자주 못 가지? 아버진 에어컨도 잘 팔린다면서 비행기 표 끊어 줄 돈도 없는 걸까? 아냐, 겨울엔 에어컨이 잘 안 팔리지. 난방기는 에어컨만큼 많이 안 팔려서 돈이 모자랄지도 몰라. 외박 날마다, 중간 방학 일 주일 동안에도 기숙사에서 빌빌거려야 하다니……. 하긴, 지난 여름에 엄마랑 싸워서 날 보고 싶은 생각이 없을 거야. 그 때 좀 잘할걸. 엄마에게 무슨 일이 있는지 모르는데 내가 너무 화만 냈어. 어유, 난 왜 이 모양 이 꼴이지?'

내 자신이 불만스럽다고 생각하자 끝이 없었다. 피부가 누런 것, 머리카락이 까만 것, 눈이 찢어진 것, 노래를 못 하는 것, 키가 작은 것, 집이 먼 것, 용돈이 조금인 것, 발레가 맘처럼 안 되는 것…….

나는 까불대는 광대 노릇을 그만두었다. 내가 다시 차분해지자 아이들과 싸울 일이 없어서 좋았다. 학기 초의 실기 시험 점수도 전보다 많이 좋아져서 기운이 났다.

그렇다고 모든 게 잘 되는 건 아니었다.

발레 시간은 점점 더 고통스러웠다. 선생님은 우리에게 더 완벽한 동작을 요구하기 시작했다. 이제 이 학교를 졸업하면 우리는 정식으로 발레단에 오디션을 보러 다녀야 한다는 걸 잊지 말라고 했다. 그 말을 들을 때마다 선생님들이 그렇게 가혹하게 하는 게 이해가 되긴 했다. 정기 테스트에서 지난 번보다 높은 점수를 받았지만 여전히 A1반이고 A반에는 들어가지 못했다. 나는 남자 애들에게 관심이 많은데 나에게 관심을 갖는 남자 애는 아무도 없었다. 늘 초라한 기분이었다.

발레 시간의 결과에 따라 그 날 기분이 오락가락했다. 선생님에게 칭찬을 받거나 근육이 아주 적절하게 풀리고 관절이 내 맘대로 잘 움직인 날은 하루 종일 기분이 좋아 콧노래를 부르고 다녔다. 하지만 다른 애들보다 동작이 안 되는 날은 하루 종일 우울했다.

기숙사에서 가장 괴로운 문제는 화가 나고 기분이 울적할 때, 혼자 있을 곳이 화장실밖에 없다는 사실이었다. 혼자만의 방이 있다는 게 그렇게 중요한 건지 몰랐다. 변기 위에 걸터앉아 내 자신의 앞날에 대해 생각하면 점점 더 비극적인 생각으로 빠져들었다.

'난 왜 영국에 와서 이 고생을 하고 있지? 아까 캐시가 날 이상하게 보는 것 같았어. 선생님이 설명하는 동작을 내가 너무 못해서 그랬을 거야. 난 이사벨처럼 인기도 없고, A반엔 죽어도 못 들어갈 거야. 또 키가 작으니까 만날 엑스트라 배역이나 맡겠지. 발레는 또 왜 이렇게 힘들지? 여긴 감옥이야. 자유롭게 살 수 있는 곳으로 가고 싶다.'

그렇게 생각이 점점 절망적인 쪽으로 흘러갔다.

어느 날 나는 우울한 기분을 참다 못해 집에 전화를 걸었다.

"엄마, 나 재인이야. 나 학교 그만두고 싶어. 다른 데로 가면 안 될까? 여긴 너무 감옥 같아. 그리고 발레도 너무 힘들어, 엄마."

"재인아, 철부지 같은 소리 그만 둬. 유명한 발레리나들도 다 너처럼 고통을 겪고 나서 그렇게 된 거야. 멋진 발레리나가 되고 싶지 않아?"

"엄마, 아빠 있어? 아빠 좀 바꿔 줘."

나에겐 위로가 필요했다. 날 밀어붙이는 어머니가 야속하게 느껴졌다. 아버지라면 나에게 따뜻한 위로를 해 줄 것 같았다.

"아빠."

난 울먹이며 말문을 열었다.

"왜 그러니, 재인아? 애들이 또 놀려?"

"아냐, 아빠. 이젠 놀리지는 않아. 그래도 애들하고 많이 다르니까 문제가 많아. 그리고 있잖아, 여기 학교 너무 후져. 기숙사는 감옥처럼 답답하고 자유롭지가 않아."

"진심이니?"

"응."

"그럼, 알았다. 당장 집으로 와. 집 떠나서 고생하는데 학교도 맘에 안 들면 뭐 하러 거기서 그래? 집으로 와. 내가 내일 교장 선생님한테 전화할게. 걱정 마라."

"아, 아냐. 아빠. 좀더 생각해 볼게. 아빠, 내가 다시 전화할게. 안녕."

당장 집으로 오라는 아빠의 말에 나는 덜컥 겁이 났다. 난 다시 화장실로 가서 이런저런 생각을 했다.

'내가 영국에 올 때 이런 고생을 각오하고 온 거 아냐? 그래, 맞아. 발레가 맘대로 척척 잘 된다면 누구나 로열 발레단에 들어가겠지. 지금 집에 가면 정말 죽도 밥도 아닐 거야. 내가 노력해야 실력도 느는 거겠지. 그래, 열심히 하자.'

나는 다시 생각을 고쳐먹고 이를 악물고 화장실에서 나와 방으로 들어갔다.

철없이 생각나는 대로 마구 말해 버린 게 너무 창피했다. 마음을 좀 가라앉히려고 바느질 도구를 꺼냈다. 포인트 슈즈의 끈을 발에 맞춰서 꿰매고 있는데(포인트 슈즈는 끈이 따로 나와서 자기 발에 맞는 위치에 고정시켜야 한다. 끈을 슈즈에 꿰매 붙이는 일은 재미는 없지만 매우 중요했다.) 갑자기 화재경

보기가 울렸다.

방에 있던 아이들은 투덜대며 침대에서 일어났다.

"으, 또 화재 대피 훈련이야."

"지겨워 죽겠어."

"야, 나가자. 혼날라."

우리 방 아이들이 방문을 열기도 전에 복도에서 누군가 소리쳤다.

"진짜야! 진짜, 불이야!"

그 소리를 듣자마자 우리 방 아이들은 후닥닥 복도로 뛰어나갔다.

"와아, 진짜 불이다! 신난다!"

아이들은 환호성을 지르며 비상 계단으로 마구 내려갔다. 나도 덩달아 신이 났다.

"어디야, 어디?"

"화장실이래."

아이들은 같은 질문과 대답을 몇 번이나 반복하면서 바깥으로 대피했다. 언제나 침체된 분위기의 낡은 기숙사에 이렇게 흥미진진한 사건이 생기다니 놀라웠다.

기숙사 밖에 나와 보니 연기가 보이지 않았다. 큰불은 아닌 듯했다.

이사벨은 실망한 얼굴이었다.

"우리 기숙사에 불이 나면 저쪽 남학생 기숙사로 가는 건데 불이 너무 조금 난 거 같아."

"하하하, 웃기지 좀 마."

"그럼 넌 왜 좋아했니? 불났다고 너도 좋아했잖아."

"불이 나서 학교가 없어지면 자연스럽게 집에 갈 수 있잖아."

"제인, 넌 향수병 언제나 고치니? 철 좀 들어라."

학생들이 그렇게 우왕좌왕하고 있을 때 사감 선생님이 흥분된 얼굴로 뛰어나왔다.

"여러분, 걱정 말아요. 불은 꺼졌어요."

"에이, 시시해."

여기저기서 실망의 한숨이 튀어나오자 사감 선생님은 화가 난 것 같았다.

"누군가 화장실 환풍 장치 속에 담배꽁초를 던져 넣었어요. 그 바람에 연기가 나서 화재경보기가 작동한 거예요. 도대체 누가 화장실에서 담배를 피운 거예요? 담배꽁초를 왜 환풍기에 던져요?"

그러자 누군가 뒤에서 이렇게 중얼거렸다.

"누군지 몰라도 참 답답하네. 그냥 변기에 버리면 될 걸 뭐

하러 환풍기에 넣어?"

아이들은 그 말을 듣고 키득키득 웃었다. 사감 선생님은 우리를 30분 동안 홀에 세워 놓고 화재 예방에 대해 연설했다.

로즈마리가 내 곁으로 오더니 작게 말했다.

"제인, 요즘 너 화장실에 가서 너무 오래 있더라?"

난 순간 눈물이 왈칵 솟아지려는 걸 간신히 참았다.

"로즈마리, 난 담배 안 피워. 난 화장실에서 그냥 생각 좀 한 거야."

"누가 자기 입으로 담배 피운다고 고백하니? 쫓겨나게?"

"난 정말 안 피워. 난 아냐."

"알았어."

로즈마리가 날 방화범으로 의심하는 게 너무 분하고 화가 났지만 그렇다고 그걸 가지고 싸울 수도 없었다.

방에 들어와 보니 침대가 엉망이었다. 모두들 자기 침대에 앉아 뭐가 없어지지는 않았는지 뒤져보았다. 방화범을 잡기 위해 선생님들이 습격 조사를 한 모양이었다.

"너무해. 새로 산 립스틱 세트랑 인조 속눈썹을 가져가 버렸어."

로즈마리가 먼저 피해 상황을 발표했다. 캐시는 라이터를 뺏겼고, 이사벨은 하드록 그룹 카세트테이프 세 개를 몽땅 뺏겼다. 켈리는 작은 깡통 속의 페스츄리 과자를 뺏겨서 울상이었다.

·난 뺏긴 게 없었다. 아이들은 아무리 선생님이라도 학생들의 물건을 함부로 뒤지는 건 인권 침해라고 생각했다. 하지만 난 그 소지품 검사가 싫지 않았다. 내 소지품에서 성냥개비 하나, 담배 부스러기 하나 나오지 않았으니 날 방화범으로 오해할 일은 없으리라는 생각에서였다.

소지품 검사로 난 결백을 증명 받은 셈이었다. 로즈마리는 빼앗긴 화장품 때문에 화를 내느라 더 이상 나에게 이상한 눈치를 보이진 않았다. 나도 비로소 마음이 가라앉아 잠을 잘 수 있었다.

5학년에서 두 명이 정학을 받았고(담배를 가지고 있다가 발각되어서), 4학년 애들 서너 명이 일 주일간 교복을 입고 지내는 벌을 받는 걸로 화재 사건은 마무리되었다. 사감 선생님은 담배꽁초의 지문을 검사해서 범인을 잡고 말겠다고 장담했지만 범인을 잡지는 못했다. 지문 검사를 제대로 했는지가 의심스러웠다.

나는 점점 스페인 춤에 푹 빠졌다.

봄방학이 다가오자 난 또 어디 가서 지내야 하나 걱정하기 시작했다. 그런데 뜻밖에도 스페인에 사는 이모에게서 연락이 왔다. 이모부가 스페인에서 3년간 근무하게 되어 이모네 가족이 스페인으로 갔다는 얘기는 겨울방학에 들었지만 주소도, 전화번호도 적어 오지 않아 까맣게 잊고 지냈다. 유럽이긴 해도 영국은 섬나라여서 유럽 본토의 나라들과는 가까운 거리가 아니었기 때문에 스페인 이모 생각은 미처 하지 못했다. 이모는 날 위해 런던에서 마드리드까지의 비행기 표를 보내 주었다. 난 그걸 이사벨에게 자랑했다.

"이사벨, 이거 봐. 나 봄방학 때 스페인 간다."

"뭐라고? 그 얘길 왜 이제 해?"

이사벨은 나보다 더 기뻐서 날뛰었다. 스페인 사람들은 감정 표현이 솔직하다 못해 격렬한 편이었다.

"제인, 마드리드에서 이 주만 지내고 나머지 이 주는 우리 집에 와서 나랑 지내자. 내가 내 친구들도 다 소개해 줄게. 우리 식구들도 널 보면 좋아할 거야."

이사벨의 집은 바르셀로나에 있었다. 나는 바르셀로나에서 이사벨과 만나기로 약속하고 우선 마드리드로 갔다. 너무 기뻐서 발이 둥둥 떠다니는 것 같았다.

오데트 : 클라라 님은 늘 운이 좋으시네요. 스페인도 가게 되었잖아요.

클라라 : 힘들었던 일이 더 많았는데 그건 다 잊었나 보네.

오데트 : 하하하, 힘든 건 남의 일이라서 금방 잊어요.

클라라 : 스페인에서는 아주 개구쟁이처럼 지냈지. 철이 없었어.

오데트 : 그래도 부러워요.

클라라 : 유럽 친구들은 여러 나라를 여행하면서 자라서 그런지
　　　　 생각도 더 넓은 것 같았어. 영국을 제외한 대부분의 유
　　　　 럽 국가들은 기차를 타고 갈 수 있으니까.

오데트 : 나도 이다음에 꼭 유럽 여행을 하고 싶어요.

클라라 : 가게 될 거야. 오데트가 원하는 곳으로 다 가게 될 거야.

　당시 나는 그런 기회가 나에게 얼마나 소중한 것인지 잘 몰
랐다. 늘 그렇듯이 우리는 가까운 곳에 있는 행복은 사소하게
생각하고, 지나고 나서야 그 소중함을 깨닫는다.

*6
이별 연습

스페인에서 만난 이모와 이종사촌 동생 성재는 나에게 자꾸만 영국에서의 생활에 대해 물어 보았다. 둘 다 영국에 가 보고 싶다고 했다. 하지만 난 영국에 대해 그다지 좋은 말을 하지 않았다.

"난 영국보다 스페인이 훨씬 좋은데."

난 스페인이 굉장히 매력적인 나라라고 생각했기 때문에 영국에 가고 싶다는 두 사람을 이해할 수 없었다. 무엇보다도 스페인은 맑은 날이 많고, 사람들이 활기차고 여유 있어 보여 좋았다. 날씨가 거의 매일 우중충한 영국에서 살다 보니, 햇볕이 내리쬐는 스페인이 너무 아름답게 느껴졌다.

"재인아, 성재 때문에 걱정돼 죽겠다. 스페인 애들은 열 살짜리도 담배를 피운단다. 성재도 물들까 봐 걱정이야. 영국 애들은 안 그러지? 성재를 영국 학교에 보낼까? 영국엔 기숙사 학교도 많잖아."

이모는 성재가 없을 때 나에게 살짝 말했다.

"어유, 이모도. 런던 가면 펑크족이 얼마나 많다고. 머리카락을 고슴도치처럼 뻗치고 다니는가 하면 온갖 색깔로 염색을 하거나 옆머리를 다 밀고 가운데만 남겨 두고 길게 딴 애도 있어. 성재가 그러고 다니면 어쩌려고."

"그래도 기숙사 학교에 다니면 안 그러겠지."

"이모, 성재가 이모 몰래 학교 그만두고 그렇게 할지 누가 알아?"

"하긴, 내가 데리고 살아도 이렇게 안심이 안 되는데……."

이모는 선물로 선글라스를 사 주었다. 난 늘 그걸 끼고 다녔다. 스페인의 햇볕은 너무 뜨거워서 선글라스가 없으면 외출할 수 없을 정도였다. 그리고 선글라스를 쓰면 왠지 어른스러워지는 기분이었다.

이모 집에서 2주를 보내고 난 서둘러 바르셀로나로 가는 기차를 탔다.

"이사벨!"

"제인!"

바르셀로나 역에서 만난 이사벨과 나는 서로 꼭 껴안고 환호성을 질렀다. 학교에서 매일 보고 지내던 친구를 학교가 아닌 스페인에서 만나니 그렇게 반가울 수가 없었다. 겨우 2주 떨어져 있었는데 마치 20년 만에 만나는 기분이었다. 이사벨의 어머니는 나에게 자꾸 말을 시켰다.

"영국식 영어를 들으니까 반가워서 그렇단다."

내 영어는 미국식 악센트가 섞인 엉터리 영국 영어였는데도 이사벨 어머니는 그렇게 좋아했다. 나는 영국인인 이사벨 어머니가 어떻게 스페인 남자랑 결혼했는지 궁금했다.

"그건 말이다, 제인……."

이사벨 어머니는 연방 담배를 피우면서 얘기했다. 관찰해본 결과, 그녀는 하루에 담배를 세 갑 정도 피우는 골초였다. 난 그렇게 담배를 많이 피우는 여자는 처음 봤다. 이사벨이 담배를 싫어하는 걸 이해할 수 있을 것 같았다.

"나도 발레리나였단다. 발레리나들은 공연을 하느라 늘 돌아다니게 되잖니. 내가 스물세 살 때 독일 발레단에서 감독과 싸우고 나왔는데 갈 곳이 없더구나. 어린 나이도 아니니 좀 안정적인 일자리를 구해야겠다고 생각했지. 독일 발레단에서 같이 있던 스페인 친구가 고향에 가서 발레 학원을 하겠다고 해서 쫓아왔어. 나도 학원에서 선생님으로 일하려고."

"그럼 언제 아저씨를 만나셨어요?"

"기차역에서."

"와, 너무 낭만적이다."

"낭만적이긴……. 친구 오빠가 기차역에 마중 나왔어. 자기 여동생과 친구가 온다니까. 그런데 기차에서 내리자마자 웬 총각이 나와 내 친구를 끌어안고 마구 뽀뽀를 하는 거야. 깜짝 놀랐지. 뽀뽀가 끝나고 나서야 친구 오빠란 걸 알았지."

"그래서요?"

"일 주일 만에 그가 나에게 청혼을 했어."

"우와, 너무 정열적이에요. 일 주일 만에 청혼을 받다니!"

"나도 그런 줄 알았어. 그런데 나중에 알고 보니까 스페인 사람들은 성격이 다 그렇대. 앞뒤를 가리지 않는다니까."

이사벨 어머니는 담뱃재를 재떨이에 톡톡 털면서 날 바라보며 웃었다. 눈가에 잔주름이 있어 우리 어머니보다 일고여덟 살은 더 많은 것 같았지만 우아한 기품이 있어 보였다. 난 속으로 '역시 발레를 한 사람은 나이가 들어도 멋있구나.' 하고 생각했다.

"그래서 한 달 만에 결혼했단다. 그리고 바르셀로나로 왔지. 난 여기서 내 무용학원을 열었고, 이사벨을 낳고, 이렇게 스페인어로 떠들면서 살고 있단다. 재미없지?"

"행복해 보여요."

"제인, 결혼할 때 내가 너무 스페인을 몰랐어. 스페인은 가톨릭 국가라서 이혼하기가 하늘에 별 따기야."

이사벨의 어머니는 장난기 어린 목소리로 말을 이었다.

"영국 교회는 말이다, 헨리 팔 세가 이혼을 하려고 만든 종교인데 가톨릭은 그렇지 않잖아. 그걸 내가 깜박 잊고 결혼식을 해 버린 거야. 큰 실수지."

난 순간적으로 서울의 부모님을 생각했다. 두 분의 결혼 생활은 낭만적으로 시작되었는데 지금은 그리 행복해 보이지 않았다. 내가 아무 대꾸도 않자, 이사벨 어머니는 내 볼에 뽀뽀를 해 주었다.

"피곤한가 보구나. 그만 자렴. 내일부터 이사벨이랑 재미있게 놀아야지."

나는 2층 손님방으로 가서 일기장을 폈다.

이사벨 어머니는 행복해 보였다. 일 주일 만에 청혼할 정도로 나에게 한눈에 반하는 남자가 나타날까? 어려운 일이겠지.

아빠랑 엄마도 분명히 뜨겁게 사랑해서 결혼했을 텐데 지금은 왠지 위태로워 보인다. 사랑은 믿을 수 없는 약한 것인가? 난 믿고 싶은데……

다음 날 아침, 아니 새벽 여섯 시에 이사벨이 날 깨웠다.

"제인, 얼른 일어나 옷 입어. 나가자."

"이사벨, 지금 여섯 시야. 좀더 자고 나가자."

"얘가 뭘 몰라. 벌써 애들이 길에서 기다릴 거야."

나는 놀라서 얼른 일어났다. 이사벨과 함께 씨리얼과 과일을 먹고 선글라스를 쓰고 서둘러 나갔다. 정말 길거리엔 사람들이 많았다.

"이사벨, 오늘이 무슨 축제일이니?"

"아니."

"근데 이렇게 이른 시각에 웬 사람들이 이렇게 많아?"

"방학이니까. 일찍 만나야 오래 놀지."

"맙소사!"

시내의 분수대에서 이사벨은 자기 친구들을 찾아 냈다.

나는 2주 동안 이사벨의 친구들과 어울려 다녔다. 스페인 아이들도 영어를 어느 정도는 하기 때문에 내가 스페인어를 못해도 대화를 하는 데는 큰 문제가 없었다. 유럽 애들은 2개 국어를 말하는 것은 기본이었다. 3개 국어로 말할 줄 아는 아이들도 많았고, 공부를 열심히 하는 아이들 중에는 4개 국어를 하는 경우도 있었다.

이모 말대로 스페인 아이들은 정말 담배를 많이 피웠다. 이사벨 친구들도 거의 다 피웠다. 내가 담배를 안 피운다니까 오히려 놀랐다.

"피워 봐, 제인."

이사벨의 친구 가운데 한 명이 나에게 담배를 내밀었다. 택시 안이었고, 나는 스페인의 낙천적인 분위기에 푹 빠진 상태여서 용기를 내어 그 담배를 받아들었다. 앞자리에 탄 이사벨은 뒤를 돌아보며 나에게 눈살을 찌푸렸다.

나는 조심스럽게 한 모금 빨아들였다. 목이 이상한 걸 간신히 참고 한 번 더 빨아들이자 기침이 터져 나왔다. 이사벨 친구가 까르르 웃었다.

나는 당황해서 담뱃재를 털다가 그만 재떨이를 향해 기침을 하고 말았다.

"우와, 이게 뭐야."

택시 안엔 온통 담뱃재가 날아다니고, 나는 자꾸만 기침을 했다. 머리까지 어질어질한 것 같았다. 공원에 놀러 가서도 난 어지러워서 앉아만 있었다. 이사벨은 나에게 화를 냈다.

"제인, 너 담배 또 피울 거야?"

"아니, 이젠 안 피울 거야. 나한테 안 맞는 거 같아."

"다시는 안 피운다고 약속해. 내가 담배 싫어하는 거 알면서 그럴 수 있니?"

"알았어. 약속할게."

스페인에서는 누구나 상대방의 양 볼에 뽀뽀를 하는 것이 일상적인 인사였다. 난 처음엔 누가 뽀뽀할 때마다 깜짝깜짝 놀랐다. 영국에서도 볼에 뽀뽀하는 일이 없는 건 아니었지만, 서로 특별히 친밀감을 표시해야 하는 경우가 아니면 볼에 뽀뽀를 하는 일은 많지 않았다. 그런데 스페인에 와 보니 처음 보는 사람이 다짜고짜 와락 붙들고 볼에다 정열적으로 뽀뽀를 해 대니 놀라지 않을 수가 없었다. 우리 나라에서 악수하는 것보다도 더 빈번하고 자연스럽게 행해지는 인사가 좀 야하다(?)는 생각이 들었다.

며칠 지내다 보니 나도 그 인사가 어색하지 않게 느껴졌고, 급기야 즐기는 상황이 되었다. 나중에는 내가 신이 나서 적극적으로 볼을 내밀자 인사하려던 사람이 오히려 놀랄 정도였다.

스페인 아이들은 담배만 일찍 피우는 게 아니라 맥주도 많이 마셨다. 길거리에서 양동이라고 해도 좋을 만큼 큰 컵에 맥주를 담아서 먹는 일이 많았다. 스페인의 어른들은 굉장히 관대한지 그런 걸 보고도 야단치지 않았다. 양동이 컵에 맥주를 사 가지고 오면 친구들은 주차되어 있는 차 위에 아무렇게나 걸터앉아서 서로 돌려가면서 한 모금씩 마셨다. 스페인에서는 지금도 아이들이 그러는지 모르겠지만 그 때 나로서는 받아들이기 힘든 충격적인 문화였다.

스페인에서 지냈던 일을 회상하면 괜히 가슴이 벌렁벌렁 뛴다. 그 때 나는 진정한 '휴가'를 즐겼던 셈이다. 아무 걱정 없이, 아무 거리낌 없이 지냈다. 태양은 환하게 비추고, 주변엔 온통 낙천적인 친구들뿐이었다.

오토바이에 두세 명씩 타고서 시내를 돌아다니고 가까운 숲으로 피크닉을 가기도 했다. 그 애들의 얼굴도, 이름도 잘 기억이 나지 않지만 그 때 한껏 들떠 있던 기분은 아직도 생생히 남아 있다.

마음껏 자유를 누리다 학교로 돌아왔다. 기숙사 문 앞에서 이사벨과 나는 손을 마주잡고 한숨을 크게 쉰 뒤 문을 열었다. 다시 감옥 같은 곳으로 들어가야 했다. 다리와 허리, 목, 팔을 훈련시켜야만 하는 빠듯하고 무미건조한 생활이 기다리고 있었다.

그 해 여름 학기 발레 공연은 〈지젤〉 2막으로 정해졌다. 졸업반 학생들이 연습하는 것을 조금씩 훔쳐보면서 내가 〈지젤〉 공연에 캐스팅 된다면 어떤 모습으로 무대에 설지 상상을 했다.

여름 학기가 절반쯤 지나갔을 때, 이사벨이 나에게 짧은 편지를 건네 주었다.

사랑하는 친구, 제인!

여름방학 때부터 이 얘기를 해야 한다고 생각했지만 도저히 입을 뗄 수가 없었어. 망설이고 망설이다 이렇게 편지를 쓰는 거야. 날 이해해 주겠지?

제인, 나 여름 학기가 끝나면 스페인으로 돌아가. 이 학교에 불만이 없는 건 아니었지만 너처럼 좋은 친구를 만날 수 있었으니 나에겐 기억에 남는 곳이 될 거야.

어쨌든 나는 바르셀로나로 돌아가야 해. 우리 집 형편이 별로 좋지 않아. 날 영국에 유학 보내는 돈을 더 긴요한 곳에 써야 할 형편이거든. 그래서 집에 가는 일이 그리 괴롭지는 않아. 하지만 이제 동양에서 온, 작은 친구의 검고 아름다운 머리카락을 만져 볼 수 없다는 건 정말 슬픈 일이야.

발레 하는 사람들은 언젠가 다시 만나게 된대. 서로 공연하느라 돌아다니니까. 발레 공연이 아니라도 우리가 다시 만날 기회는 또 있을 테지. 우린 서로 아끼는 친구니까. 내가 스페인에 가더라도 널 그리워하는 마음은 한결같을 거야. 내 맘 알지?

편지 자주 쓰겠다고 약속할게. 제인, 난 언제까지나 네 친구야.

— 이사벨로부터

난 어찌할 바를 몰랐다. 이사벨을 찾아 기숙사를 헤맸지만 보이지 않았다.

취침 시간이 다 되어서 이사벨이 들어왔다.

"이사벨, 어디 갔었니?"

"양호 선생님 방에."

"어디 아파?"

"마음이."

이사벨과 나는 서로의 마음을 느낄 수 있었다. 우리는 더 이상 말하지 않고 그냥 손을 꼭 잡아 주고 각자의 침대에 올라가 누웠다. 쉽게 잠이 오진 않았다.

방학이 다가오는 게 그렇게 슬플 수가 없었다. 이사벨이 스페인으로 떠나기 전날, 언제나 개구쟁이 같던 캐시가 어울리지 않게 이사벨을 위해 '포'의 시를 낭독해 주었다. 환송 파티는 캐시가 부드러운 목소리로 읊어 주는 「애너벨 리」로 끝났고, 우리는 모두 서로를 껴안았다.

다음 날 이사벨이 먼저 공항으로 떠나고, 난 오후에 서울행 비행기를 타기 위해 공항으로 갔다. 서울로 오면서 난 내내 「애너벨 리」를 되풀이해서 읽으며 비행의 지루함을 덜었다.

나는 이 시가 슬프고 낭만적이어서 읽을수록 더욱 좋아졌다.

'나는 언제쯤 이렇게 아름다운 사랑을 하게 될까?'

하지만 홍콩을 지나 서울을 향해 점점 가까이 가고 있는 것을 확인했을 때, 이 시는 흡사 무슨 주문(呪文)같이 느껴졌다. 슬픈 종말을 예견하는 주문 같아 점점 불안해졌다.

'엄마랑 아빠는 어떻게 지내고 있을까, 사이가 다시 좋아졌을까, 더 나빠졌으면 어떡하지?'

집에 와 보니 집안 분위기가 심상치 않았다. 그 사이 어머니는 미용실을 차렸고, 거기에 신경 쓰느라 집안일을 내버려 둔 상태였다. 나는 뭔가 이상하다는 느낌을 받았다.

'엄마가 남의 머리를 손질해 준다고? 왠지 엄마한테 안 어울리는 일 같아.'

어머니는 미용 기술 자격증을 가진 것도 아니었다. 미용사 세 명에게 월급을 주고 미용실을 운영하려니 매우 힘든 모양이었다. 서울에 온 지 3일 만에 어머니와 크게 싸웠다. 아침에 어머니가 미용실에 나갈 생각도 않고 친구에게 전화를 하더니 45분 동안 아버지 흉만 보는 것이었다. 한 사람에게 어떻게 그렇게 많은 결점이 있을 수 있는지 신기할 정도였다.

난 화가 나서 어머니가 전화를 끊자마자 소리를 질렀다.

"엄마, 왜 그래? 아빠가 뭘 그렇게 잘못한 게 많다고 그래?"

"재인이 넌 몰라. 넌 집에 없었잖아."

어머니는 당당했고, 난 흥분했다.

"아무리 잘못한 게 있어도 그렇지, 남한테 우리 집 얘기를 그렇게 많이 해?"

"내 친구야. 친구한테 그런 얘기도 못 하니? 그럼 넌 친구한
테 고민 얘기 안 하니?"

"엄마, 아빠 흉을 뭐 하러 친구한테 말해? 그럼 남들이 아빠
엄마를 어떻게 생각하겠어?"

"난 내가 하고 싶은 얘긴 다 하고 살아."

"아빠한테 불만이 있으면 아빠한테 말해야지. 그래야 아빠
가 고치지."

"엄마 나간다. 청소 좀 하고 재준이 좀 봐. 더운데 나가 놀지
못하게 해."

"엄마! 엄마 친구한테 아빠 욕하지 마."

"미용실 간다."

어머니는 날 무시하고 나가 버렸고, 난 분하고 약이 올라 마
루에 서서 울어 버렸다.

어머니의 미용실은 내가 간 지 한 달도 못 되어 문을 닫았다.
개업한 지 반 년 만이라고 했다. 내 생각엔 미용실 운영이 잘
되고 돈을 많이 벌어도 어머니는 그만두었을 것이다. 어머니는
미용실 운영에 별 흥미가 없어 보였고, 미용실보다는 아버지와
싸우는 데 더 많은 에너지를 써 버렸다.

어머니가 미용실을 그만두자 아버지는 좋아하는 눈치였다.

그러나 두 사람은 얼굴만 마주 보면 싸울 꼬투리를 찾아 냈다.

나는 대전에 사는 외삼촌댁에 놀러 가기로 했다. 혼자서 고속버스를 타고 대전으로 갔다. 비행기를 타고 런던에서 서울까지 혼자 오가는 나였지만 어머니는 나를 고속버스에 태우면서 걱정을 했다.

"두 시간 반이면 가니까 걱정 마라. 외숙모가 터미널에 마중 나온댔어. 너 외숙모 얼굴 기억나니? 외숙모가 네 얼굴을 기억 못 하면 어떡하지? 혹시 못 만나면 외삼촌한테 전화해라. 다른 데로 가지 말고 터미널에 그냥 있으면서 전화해. 알았지?"

"엄마는 참……. 내가 애기야?"

어머니와 나는 오랜만에 서로 마주 보고 웃었다.

대전에 내려가서 3일을 지냈는데 집에서 전화가 왔다. 일요일 밤에 재준이와 어머니, 아버지가 대전에 온다는 것이었다. 다 같이 해수욕장에 갈 기회가 생긴 셈이었다.

일요일 밤늦게 아버지의 차가 외삼촌 집 앞에 도착했다.

재준이는 차에서 내리자마자 내 곁으로 쪼르르 달려왔다.

"누나, 나 졸려."

아버지는 외삼촌과, 어머니는 외숙모와 얘기를 하고 나는 재준이를 방에 데리고 들어가 모기장을 쳐 주고 모기향도 피워 주었다.

재준이는 모기장 안에 들어가 눕더니 내게 말했다.

"누나, 우리 오다가 사고 날 뻔했다. 무서웠어."

"뭐? 어디서? 어떡하다가?"

내가 깜짝 놀라 호들갑스럽게 묻자, 재준이는 차분하게 대답해 주었다.

"오면서 아빠랑 엄마가 계속 싸웠어. 엄마가 다시 서울로 가자고 갑자기 핸들을 꺾었어. 엄마가 운전했거든. 근데 하마터면 나무에 부딪칠 뻔했어. 깜깜해서 앞이 잘 안 보였거든."

"어머머, 엄마가 미쳤나 봐."

"그래서 아빠가 또 막 화내고 아빠가 운전해서 간신히 여기까지 왔어."

다음 날 아침, 외삼촌네 식구들과 함께 대천 해수욕장에 갔다. 나는 선탠을 실컷 하고, 재준이와 재미있게 놀았다. 아버지와 어머니도 다행히 기분이 좋아 보였다.

외삼촌이 기왕 내려온 김에 온천에 가서 하룻밤 자자고 했다. 외삼촌은 여름휴가 중이었지만 아버지는 가게 때문에 안 된다고 했다. 어머니는 온천에서 자고 새벽에 떠나면 서울에 아홉 시까지 도착할 수 있다고 말했다. 결국 어머니 의견대로 다 같이 온천으로 갔다. 유성 온천에서 여관을 잡고 저녁밥을 먹으러 식당으로 갔다.

음식이 나오길 기다리고 있는데 어머니는 외삼촌과 외숙모에게 내 얘기를 하기 시작했다.

"우리 재인이가요, 영국에서 발레 열심히 배우니까 한 십 년만 있으면 마곳 폰테인처럼 유명하게 될지 누가 알겠어요?"

외삼촌이 빙긋이 웃으면서 말했다.

"그거야 저 할 나름이지. 영국에서 배운다고 다 유명해지나? 재인이가 키가 좀 작아서 불리하지 않나?"

나는 키 얘기가 나오자 기분이 언짢아졌다. 노력으로 해결되지 않는 문제 가운데 가장 심각한 결점이었으니까.

"재인이 키가 작은 건 제 아빠 닮아서 그런 걸요, 뭐."

"강 서방이 왜 키가 작아? 보통 키인데."

"날 닮았으면 훨씬 키가 컸을 텐데 말이죠."

난 순간 아버지의 눈치를 살폈다. 아버지는 개의치 않는다는 표정으로 외삼촌에게 담배를 권했다. 그리고는 화제를 바꾸려고 했다.

"형님 회사 사무실엔 냉방기 어디 걸 씁니까?"

"아니, 당신은 그렇게 할 얘기가 없어요? 휴가 와서까지 에어컨 타령이게."

어머니가 차갑게 쏘아붙이자 아버지는 벌떡 일어섰다. 그리고 두 사람은 남의 시선에는 아랑곳하지 않고 싸웠다. 난 처음에 너무 어이가 없어 멍하니 있었다. 그런 사소한 일로 외삼촌, 외숙모, 다른 손님들, 아들, 딸이 보는 앞에서 큰 소리를 지르며 싸우다니…….

난 너무나 창피해서 혼자 식당에서 나왔다. 갈 곳이 없어 그냥 여관으로 돌아왔다. 여관 방 열쇠가 없어서 복도에 주저앉아 있었다. 그런데 나도 모르게 눈물이 흘렀다. 그 때 난 말할 수 없이 외로웠다. 영국에서도 그렇게 외로운 적은 없었다.

그 날 밤늦도록 외삼촌과 외숙모는 아버지와 어머니를 달래다 지쳐서 옆방으로 가셨다. 재준이와 나는 자는 척했다. 하지만 어린 재준이도 무서워서 잠을 자지 못하고 몇 번이나 뒤척였다. 새벽에 서울로 오면서 우리 넷은 아무 말도 하지 않았다.

나는 며칠 동안 집에서 여러 가지를 생각했다. 그 사이 아버지와 어머니는 서로 싫어하는 감정을 노골적으로 드러냈다. 나는 그 모습을 보는 것이 괴로웠다.

'그래, 다시 영국으로 가자. 내가 여기 있는다고 두 사람 사이가 나아질 것 같진 않아. 이미 틀어진 걸, 뭐. 여기서 이런 모습을 계속 바라보다간 나까지 미칠 거야.'

영국으로 떠나는 날, 나는 공항에서 계속 울었다. 어머니는 애써 웃으며 말했다.

"울긴, 바보처럼. 네가 좋아하는 발레 하러 가는 건데 왜 우니? 울지 마."

내가 운 건 이별이 슬퍼서가 아니었다. 부모님이 걱정되어서였다.

학교로 돌아왔다. 이사벨이 없는 방이 날 기다리고 있었다.

발레 시간의 테크닉은 더 어려워졌고, 연습이 부족한 아이들은 수업에서 퇴장당했다. 5학년이 되었다는 것이 실감났다. 선생님들도 갑자기 변한 것 같았다. 5학년은 2년 과정으로 G.C.S.E 시험 준비를 해야 해서 무척 힘들었다. 게다가 이태리식 발레인 세케티(Cecchetti)도 배워야 했다. 영국식 발레 시험인 R.A.D 코스와는 별도로 세케티 시험을 봐야 했는데 세케티는 시선, 손 처리, 근육의 사용 방법 등이 R.A.D와 전혀 달라서 모든 것을 처음부터 새로 익혀야만 했다.

서울에서는 편지가 오지 않았다. 나도 바빠서 집안일을 걱정할 틈이 없었다. 친구들도 마찬가지였다. 공부와 발레가 우리를 잠시도 쉬지 못하게 했다.

우리 방에는 새로운 룸메이트가 한 명 들어왔다.

이번엔 이탈리아 출신의 아이였다. '알렉산드라 파스콸리'라는 이름의 부잣집 딸이었다. 아버지가 변호사라고 했다. 그 애는 내가 못 하는 수학을 아주 잘하는 데다 매우 친절하고 참을성이 있어서 내게 몇 번이고 똑같은 문제를 설명해 주었다.

난 단번에 그 애를 좋아하게 되었다. 알렉산드라는 선생님보다 더 이해하기 쉽게 설명을 해 주었다. 더구나 똑같이 유학생이라 더 쉽게 친해졌다. 알렉산드라는 이태리어에다 영어, 프랑스어를 유창하게 했고 독일어도 어느 정도 할 줄 알았다. 역시 변호사 딸이라 그런지 매우 지적이고 똑똑했다. 게다가 발레도 잘해서 나는 알렉산드라가 부러웠다.

우리는 욕조 속에 앉아 밤늦도록 얘기를 하거나 같이 시험 공부를 하는 날이 많았다.

그 해 겨울 공연은 〈코펠리아〉로 정해졌다. 1, 2, 3막을 다 하기 때문에 엑스트라는 별로 없었다. 대부분 그럴듯한 역에 캐스팅 될 수 있는 기회였다. 그런데 오디션을 받기 전날, 난 발목을 삐어서 포인트 워크를 할 수 없게 되었다.

물리치료사는 나에게 3주간 물리치료를 받아야 한다고 말했다. 난 〈코펠리아〉에 출연할 기회를 놓치고 말았다. 나는 내 인생에서 행운이 다 도망가 버린 걸 느꼈다. 그렇게 억울할 수가 없었다. 그렇다고 무리하면서 발레를 할 수는 없었다.

기회가 올 때 잡아야 한다고 그러던데…… . 이제야 기회가 왔는데 나는 기회를 그냥 흘려보내야 한다. 바보처럼 말이다. 내 실력을 보여 줄 수 있는 기회를 잡지 못한다면 나는 언제 인정을 받게 될까? 모든 행운은 나를 피해서 다니는 모양이다. 내가 뭘 그리 잘못한 걸까?

로열 발레단에서 〈코펠리아〉 의상을 빌려 주어서 그 공연에 나간 아이들은 모두 기념 사진을 찍었다. 로열 발레단 의상은 너무나 아름다워서 그것을 입어 보는 것만으로도 큰 의미가 있었다.

어느 날 루시가 나에게 초대장을 주었다. 겨울방학 때 자기 집에 와서 지내라는 것이었다. 난 물론 기쁘게 받아들였다.

5학년 첫 학기인 가을 학기가 끝나갈 무렵, 아버지로부터 편지가 왔다. 그런데 그 편지는 아버지가 런던 아저씨에게 쓴 내용이었다. 나를 방학 때 맡아 달라는 부탁의 편지였다. 난 런던 아저씨에게 전화를 했다. 아저씨는 그렇지 않아도 나에게 전화를 하려던 참이라고 말했다.

"재인아, 나한테는 네 앞으로 쓴 편지가 왔어. 아마 아빠가 정신이 없어서 편지를 바꿔 보낸 모양이다. 방학 때 우리 집에 오겠니?"

"감사하지만, 이번엔 못 갈 것 같아요. 친구 집에 초대를 받았거든요. 안녕히 계세요."

아버지는 편지를 쓴 다음 언제나 어머니에게 주었다. 그러면 어머니가 봉투를 써서 우체국에 가지고 가 부쳤다. 그건 우리 집의 규칙 같은 거였다. 그렇다면 내용이 뒤바뀐 편지는 어머니의 실수 탓이었다. 어머니가 더 이상 아버지의 심부름에 성의가 없음을 증명하는 사건이란 생각이 들었다. 다시금 불안해졌다.

루시네 집은 딸만 넷인 딸 부잣집이었다. 루시 아버지는 나를 보고 굉장히 반가워했다. 열여덟 살 때 한국전쟁에 참전했다는 얘기를 나에게 몇 번이나 했다. TV에서 가끔 서울 모습을 보여 주는데 정말 믿을 수가 없다는 것이었다.

"제인, 나는 아직도 생생하게 기억하고 있단다. 굶주리고 지친 사람들, 고아들, 폐허가 된 건물과 부서진 다리, 좁고 울퉁불퉁한 길에는 소가 지나다녔지. 그런데 그렇게 발전하다니……. 내가 살아오면서 본 기적 중 가장 놀라운 일이다. 루시가 한국인 친구 얘기를 하기에 내가 초대하라고 했지. 그렇게 대단한 한국의 소녀라면 만나 보고 싶은 게 당연하지 않겠니?"

루시 아버지는 영국 해군에서 장교로 제대하고 사업을 한다고 했다. 루시네 집에는 고양이와 개, 벽난로가 있었다. 오래된 집이라 저녁 때면 벽난로를 때서 난방을 해야 했다. 벽난로 곁에서는 따뜻하지만 방에 들어가 자려면 이불을 머리끝까지 끌어당겨 덮고 자야 했다.

루시에게는 언니가 세 명 있었는데 첫째 언니는 발레리나로 독일에 가 있었고, 둘째 언니는 간호사, 셋째 언니는 은행원이었다. 막내인 루시는 가족의 사랑을 듬뿍 받고 있었다.

루시 어머니는 참 따뜻하고 조용한 분이었다. 고양이와 개에게도 언제나 부드럽고 환한 미소로 대했다. 나는 오랜만에 '가정'의 따뜻함을 느낄 수 있었다.

따뜻하고 부드러운 표정, 사랑이 넘치는 말 한 마디, 깨끗하게 정돈된 집, 맛있고 영양가 있는 음식, 사랑 받는 애완동물. 그게 바로 내가 바라는 가정의 모습이었다.

서울의 우리 집에서는 이제 그런 것은 전혀 느낄 수 없었다. 가시 돋친 대화, 여차하면 큰 소리로 싸우는 부모님, 눈치 보는 재준이, 신경질 내는 나, 먼지가 쌓인 집. 루시네 집과는 너무나 대조적이었다.

크리스마스 날, 난 집에 전화를 했다. 재준이가 전화를 받았다.

"재준이니? 누나야. 메리 크리스마스! 재준아, 크리스마스 선물은 받았니? 뭐 받았어? 왜 대답을 안 하니?"

"누나, 메리 크리스마스."

재준이는 힘없는 목소리로 대답했다.

"아빠 계시니?"

"아니, 사우나 갔어."

"사우나? 크리스마스에? 엄마는 계셔?"

"응, 누나."

"좀 바꿔 줘."

"저기……. 누나. 지금 엄마 전화 못 받아. 그냥 끊어."

"왜? 어디 아프시니?"

"그게 아니고……. 기분이 안 좋으니까 누나랑 전화 안 하는
게 좋을 거야."

순간 난 뭔가 불길한 예감이 들었다. 전화를 끊고 또 훌쩍훌
쩍 울기 시작했다.

내가 거실로 나오지 않자 루시 어머니가 방으로 올라왔다.

"제인, 집에 전화했니? 울긴, 어린애처럼. 여름방학 때 또 집
에 가서 가족을 만날 텐데 뭐."

"루시 어머니, 집에 무슨 일이 있나 봐요."

나는 아무에게도 말하지 못한 우리 집 얘기를 루시 어머니
에게 털어놓았다. 크리스마스와는 어울리지 않는 너무나 우울
한 이야기였다.

루시 어머니는 날 포근히 껴안아 주었다.

"내 말 좀 들어 봐, 제인. 부모님이 싸운다고 꼭 이혼하는 건
아니란다. 아무리 다정한 부부도 가끔 그런 시기가 있는 거란

다. 어떤 부부는 너무나 평화롭게 이십 년을 살다가 어느 날 갑자기 이혼하더구나. 네 걱정이 너무 지나친 것일지도 모르잖니. 시간이 좀 흐르면 괜찮아지실 거야. 부모님 일은 부모님이 해결하실 거다. 넌 네 생활을 잘 하면 되는 거야. 크리스마스인데 맛있는 것도 먹고 즐겁게 지내야지. 네가 이렇게 울고 있는 걸 부모님이 아신다면 더 슬퍼하실 거다."

난 간신히 눈물을 멈추고 거실로 내려갔다. 루시는 무슨 잡지를 보다가 날 보여 주었다. 발레 공연 티켓을 선물로 주는 독자 퀴즈였다. 그런데 우리에겐 퀴즈가 너무 쉬웠다.

① 발레리나들이 입는 짧은 치마를 뭐라고 부르나?
② 〈백조의 호수〉에 나오는 '흑조'의 이름은 무엇인가?

루시는 키득키득 웃으면서 잡지에 붙어 있는 독자 엽서를 잘라냈다. 우표도 붙일 필요가 없는 엽서였다.

"일 번 답, 튀튀(Tutu). 이 번 답, 오딜(Odile). 와, 이건 너무 쉽다. 그렇지, 제인?"

루시는 엽서에 얼른 답을 써 넣었다. 나는 루시 옆에 앉아 불독의 졸린 듯한 눈만 쳐다보았다.

며칠 뒤 학교로 돌아가기 위해 짐을 꾸리고 있는데 잡지사에서 전화가 왔다. 루시는 전화를 받고 나를 소리쳐 불렀다.

"제인, 정말 됐어! 우리가 퀴즈에 뽑혔어!"

"그 때 엽서 보낸 거?"

"그래. 학교로 간다니까 학교 주소로 티켓을 보내 주겠대."

루시가 어찌나 기뻐하는지 나도 덩달아 기분이 좋아졌다. 정말 아무 기대 없이 보낸 엽서가 뽑히다니 내게도 이제 작은 행운이 오나 보다, 하고 생각했다.

봄 학기가 시작되자마자 나는 수학 때문에 매일 알렉산드라에게 보충 수업을 받아야만 했다. G.C.S.E에서 필수 과목인 수학은 내게 너무 많은 인내심을 요구했다. 낙제하지 않으려면 알렉산드라의 친절한 설명을 귀담아 들어야만 했다. 독일인 수학 선생님도 인내심이 많기는 했지만 나는 알렉산드라의 설명까지 두 번씩 들어도 문제 앞에 서면 눈앞이 깜깜해지곤 했다.

루시와 함께 〈백조의 호수〉를 공짜 티켓으로 구경하고 온날, 나는 잠이 오지 않았다. 3막에서는 한 쪽 다리로 서서 도는 걸 연속해서 스물두 번이나 하는 발레리나를 보고 정신이 번쩍 들었다.

나는 아무리 기를 쓰고 연습해도 여섯 바퀴 정도 돌면 몸에 균형을 잃게 되는데 어떻게 스무 번이 넘게 돌 수 있는지 존경스러웠다. 나는 언제쯤 그 정도 실력을 갖추게 될까, 나는 과연

죽기 전에 오데트 역을 맡아 보기나 할까 생각하니 한숨이 절로 나왔다.

발레를 해 보지 않고 감상만 하는 사람에게는 단지 '아름답고 멋진 동작'이지만 나에겐 그 동작 뒤의 피나는 연습과 발레리나의 고통이 먼저 느껴졌다. 공연을 볼 때면 언제나 내 발가락들이 빳빳이 긴장되었다.

봄 학기가 시작되고 한 달쯤 되었을 때 서울에서 소포가 왔다.

겨울 옷이 몇 벌 들어 있었다. 아무리 찾아봐도 편지는 없었다. 집에서 소포가 올 때는 대개 짧은 편지가 함께 있었는데 좀 이상했다. 소포가 온 다음 날, 사무실에 와서 편지를 찾아가라는 연락이 왔다.

'어쩐지…… 편지가 좀 늦게 왔구나.'

나는 사무실로 달려가 편지를 받았다. 그런데 집에서 온 게 아니라 미국에서 유학 중인 쥴리 고모가 보낸 것이었다.

재인아!

어떻게 말해야 할지…… 지난 겨울방학 때 서울에 잠깐 갔었단다.

그런데 너희 부모님이 이혼하셨어. 크리스마스 며칠 전 너희 엄마가 짐을 싸서 나가셨고 일 주일 뒤에 정식으로 이혼 수속을 밟았대. 네 아빠가 너에게 여름방학 때 직접 얘기하겠다고 하셨지만 난 너도 알아야 한다고 생각했어. 이런 중요한 일은 너도 알 권리가 있으니까.

내가 도와 주고 싶지만 너무 멀리 있어 안타깝구나. 잘 견뎌 내길 바랄게. 어려운 상황이구나.

−줄리 고모가

나는 편지를 몇 번이나 읽었다.

'부모님이 이혼하셨어. 부모님이 이혼하셨어, 이혼하셨어, 이혼하셨어, 이혼, 이혼, 이혼.'

오데트 : 충격이 컸겠어요. 부모님이 이혼하면 기분이 어떨지 난 잘 모르겠어요.

클라라 : 계속 모르는 게 좋아.

오데트 : 하지만 정확한 이유는 짐작이 가지 않네요. 부모님이 이혼하신 이유 말이에요.

클라라 : 나도 같이 살고 있지 않았기 때문에 아직도 정확한 이유는 몰라. 아마 그건 두 분만 알 거야. 두 분 다 그런 얘기를 나에게 하려고 하지 않았어.

오데트 : 제 친구 중에도 부모님이 이혼해서 할머니랑 사는 친구
　　　　가 있어요.

클라라 : 사람 사는 방법엔 뭐랄까, 딱 정해진 규칙은 없어.

오데트 : 많이 힘드셨겠어요.

클라라 : ㅠㅠ

　그 때의 기억은 지금도 다시 떠올리고 싶지 않다. 하지만 잔
인하게도 너무나 선명하게 기억난다. 그 슬픔의 밀물.

*7
내 탓일까?

3일 동안 울면서 침대에 누워 있었다. 밥을 먹으러 가지도 않았다. 수업에도 들어가지 못했다. 슬퍼서, 지쳐서, 화가 나서, 창피해서.

3일째 되는 날, 알렉산드라는 더 이상 참지 못하고 날 일으켜 세웠다.

"제인, 너 정말 왜 그래? 시스터 크리스티에게 가지도 않고 밥도 안 먹고. 무슨 일인지 말해 줘. 제발 부탁이야. 난 네 친구잖아."

난 더 이상 울 기운도 없었다.

"알렉산드라, 우리 부모님이 이혼하셨대."

"맙소사! 불쌍한 제인."

알렉산드라와 나는 서로 부둥켜안고 한바탕 울었다. 한참을 울고 나서 우리는 서로의 눈물을 닦아 주고 침대에 나란히 앉았다. 같은 방 친구들이 우리에게 다가와 걱정스레 쳐다보았지만 아무것도 묻지 않았다. 그 애들도 내가 무척 고통스러워한다는 걸 눈치채고 있었기 때문에 걱정을 할 뿐 쉽사리 질문을 던지지 않고 기다려 주었다. 몹시 궁금하면서도 묻지 않고 날 위해 말없이 서 있는 친구들이 너무나 고마웠다. 난 그런 친구들에게 내가 왜 울었는지 얘기해 주어야만 했다.

"미안해. 내일부턴 울지 않을게. 수업도 들어가고 밥도 먹을게. 우리 부모님이 이혼하셨어. 그래서 견디기 힘들어……."

난 말을 끝맺지 못하고 다시 울음을 터뜨리고 말았다. 친구들은 내 어깨를 어루만져 주었다.

내 소문은 곧 기숙사 안에 퍼졌다. 친구들은 모두 진심으로 마음 아파하고 날 위로해 주려고 애썼다. 나는 친구들이 얼마나 소중한 존재인지 그 때 처음으로 느꼈다. 내가 엘름허스트 학교에 온 뒤 그런 우정을 느끼리라고 상상해 본 적이 없었다.

알렉산드라는 나에게 더욱 신경을 써 주었다. 식사 시간마다 내가 먹는 걸 체크하고 발레 시간 전에는 의상이나 머리 손질도 재빨리 챙겨 주었다. 내가 넋 놓고 앉아 있을까 봐.

발레를 하다가도 가족 생각이 불쑥불쑥 났다. 울면서 춤을 쳤다. 그런 날은 밤에 열이 나 해열제를 먹어야 잠이 들었다.

세상이 다 무너진 것 같은 절망감. 내가 집을 떠난 탓이 아닐까 하는 불안감. 내 유학 비용 때문에 아버지가 경제적으로 어려워진 것이 어머니를 힘들게 하지 않았을까. 그래서 두 분이 싸울 일이 많아진 게 아닐까.

얼마간의 시간이 흐르자 난 친구들의 도움으로 웃음을 되찾고 다시 바쁜 생활에 빠져들었다.

그 때 6학년들은 뮤지컬 〈오클라호마〉를 준비하고 있었다. 물론 남자 주인공은 루펏이었다. 6학년은 영국 학제로는 컬리지(College)라고 부르는 과정이어서 각자 적성에 따라 전공이 나뉘어 있었다. 5학년과 마찬가지로 6학년도 2년 과정이었다.

춤을 잘 추는 아이들은 무용과로 가고 연극에 더욱 소질이 있는 아이들은 연극과로, 노래와 춤에 능숙한 아이들은 공연 예술과(Performing Art)로 가서 2년 동안 공부하는 것이다. 미술과와 음악과도 있었다.

봄 학기에는 드라마 파트에서 셰익스피어의 연극 〈당신 뜻대로 하세요(As you like it)〉를 하기로 되어 있어서 봄 학기 공연은 무려 3주 동안 계속되었다.

공연 예술과의 〈오클라호마〉가 이 주일, 연극이 일 주일 동안 학교 극장에서 상연됐다. 물론 우리 학교 학생들도 보고 지역 주민들도 많이 보러 왔다. 캠벌리는 작은 마을이라서 우리 학교의 행사는 곧 온 동네 행사였다.

연습 때부터 〈오클라호마〉의 성공은 예견된 것이었다. 교장 선생님이 총감독을 했는데, 극장의 의자를 몽땅 푹신푹신한 안락의자로 바꾸는 투자를 과감하게 했다. 게다가 〈오클라호마〉를 위해 진짜 오케스트라를 불러서 무대 밑에 배치했다. 여자 주인공은 우리 학교 음악 콘서트에서 1등을 한 6학년 언니였는데 정말 노래를 잘했다. 난 연습 공연을 구경하면서 '내가 노래를 잘한다면 루펏과 함께 공연할 텐데.' 하는 생각을 했다.

미술과 학생들의 솜씨로 꾸민 무대 장치도 거창하고 멋있는 데다 조명 전문가는 외부에서 초청해 오고, 무대 의상도 새로 만들어서 나무랄 데가 없는 공연이었다.

소문이 나자 관객은 점점 더 불어났다. 프랑스에 있는 우리 학교의 자매 학교 학생들도 보러 오고, 영국을 방문 중인 프랑스의 어떤 시장님도 찾아왔다. 외국 손님들이 오자 알렉산드라는 교장 선생님과 함께 귀빈석으로 가서 앉았다. 영어, 프랑스어, 독일어를 유창하게 하기 때문에 통역원 자격으로 동석한 것이었다.

마지막 공연 날, 난 하루 종일 긴장했다. 루펏이 힘차고 멋있게 무대를 누비는 것을 보면서 가슴을 죄었다. 부활절 달걀 모양의 초콜릿을 사다 두었는데 언제 줄지 생각하면서 공연을 보았다.

공연이 끝난 뒤, 나는 대기실 앞에서 루펏을 기다렸다. 탈의실에서 나온 루펏이 대기실로 오자, 난 얼른 초콜릿을 내밀었다.

"루펏, 정말 멋있었어요."

나는 루펏의 손에 초콜릿을 쥐어 주고 얼른 뛰어나와 버렸다. 아마 그 날 루펏은 초콜릿을 한 바구니 가득 받았을 것이다. 내가 준 것은 다른 여자 애들이 준 것과 섞여 구별도 안 되었을 것이다. 그런 생각을 하니 마음이 쓰라렸다.

짧은 봄방학 때는 그냥 기숙사에 남아 있었다. 기숙사에 머물러도 된다고 해서 다행이었다. 친구네 집에 갈 기분도 아니었다. 혼자 텅 빈 스튜디오에서 스페인 춤도 연습하고 발레도 연습하면서 시간을 보냈다. 스페인 춤은 감정의 기복이 심하게 표현되기 때문에 내 성격과 잘 맞았다.

스페인 춤도 몇 가지 형태가 있는데 클래시칼 스페니쉬 댄스(classical spanish dance)는 발레 슈즈를 신고 무릎까지 오는 까만 치마를 입고 즐겁게 껑충껑충 뛰면서 하는 것이고, 플라밍고는 무겁고 멋진 360° 주름 치마를 휘두르면서 심각한 얼굴로 기타리스트의 반주에 맞춰 춤을 춘다.

포크 댄스와 비슷한 스페인의 각 지방 춤들은 대개 굽이 높은 신발을 신고 남녀가 같이 추게 된다. 각 춤마다 캐스터네츠를 끼우는 손가락도 다르고 소리 내는 방법도 달랐다. 복잡한 박자에 맞춰 왼손과 오른손의 캐스터네츠를 소리 내는 것도 보통 일이 아니었다.

'따르락 탁, 따르락 탁, 따르르 따르르 탁, 따르르 탁 탁 탁…….'

스페인 춤을 가르치는 웩슬러 선생님은 늘 우리에게 이렇게 말했다.

"스페인 춤은 어떤 춤보다도 감정 표현이 중요해. 물론 하체는 정확한 테크닉을 보여 줘야 하지. 그러나 윗몸은 자신의 감정을 표현해야 해. 마음 속의 예술적 감정이 상체에서 흘러나와야 하는 거란다."

나는 오랜만에 이사벨에게 편지를 썼다. 이사벨이 스페인으로 간 뒤 내가 너무 바빠서 이사벨을 잊고 지냈다.

보고 싶은 이사벨

보고 싶은 마음이 그 동안 내 고통 밑에 억눌려 있었어.

이사벨, 우리 부모님이 지난 연말에 이혼하셨어. 그 사실이 나에게 얼마나 큰 고통이었는지 우리 부모님은 아실까? 부모님의 고통을 내가 이해 못 하는 것처럼 그 분들도 내 마음을 모르시겠지.

이혼한 뒤에 엄마한테서 새 전화번호나 주소가 오지 않았어. 물론 아빠도 아무 연락이 없고.

왜 나한테 이런 일이 일어나는 걸까? 난 별로 나쁜 짓도 안 하고 살았는데 하나님이 나에게 왜 이런 시련을 주시는지 모르겠어. 채플 시간에 앉아 있어도 원망뿐이란다.

이렇게 편지를 쓰게 된 건 그래도 내 마음이 많이 가라앉은 덕분이야. 봄 학기 내내 내가 흘린 눈물을 다 받아 두었으면 아마 욕조가 가득 찼을 거야.

이제 나에겐 발레밖에 없어, 이사벨.

5학년이 되니까 내 자신이 성숙해 간다는 걸 조금 느낄 수 있어. 무용에 대한 마음도 함께 성숙해 가고 있는 느낌이야. 하지만 아직 만족할 만한 수준은 아니야.

이사벨, 난 앞으로 어떻게 될까? 또 어떻게 살아야 할까? 좋은 일은 없고 온통 괴로운 일들만 생기게 되지는 않을까 두려울 때가 많아.

가족 곁에서 즐겁게 지내고 있는 네가 부럽다. 정말이야.

나는 이제 여름방학을 기다리지 않아. 집에 가는 게 두려워.

여름 학기엔 제발 즐거운 일이 생기길 빌어 줘. 잘 있어.

－너를 사랑하는 제인이

발레는 잘하려고 하면 할수록 고통이 심했다. 그런데 스페인 춤은 그런 고통이 없었다. 즐겁게 하니 더욱 잘하게 되는 것 같았다. 웩슬러 선생님은 나를 스페인 춤 경연 대회 대표로 뽑았다. 대회는 다섯 코스로 나뉘어 난이도별로 경연을 하기 때문에 나처럼 어린 학생들도 응시할 수가 있었다. 가장 고급 코스는 열일곱, 열여덟 살의 무용수들도 많이 응시했는데, 그보다 나이가 더 많은 무용수들도 있었다.

난 런던으로 가서 일곱 명의 시험관 앞에 섰다. R.A.D 시험 때는 시험 보는 학생 두세 명이 함께 시험관 앞에 서기 때문에 별로 떨리지 않았는데 스페인 춤은 나 혼자였다. 혼자 춤을 추어야 한다는 게 정말 어려운 일이라는 걸 그 때 깨달았다.

정신을 집중하고 음악을 들었다. 짧은 전주가 끝나자 난 긴장을 풀고 마음껏 춤을 추었다. 내가 좋아하는 빨강색 스페인 춤복도 다른 날보다 더 활기차게 흔들리는 기분이었다.

"제인 강."

심사위원장이 내 이름을 불렀다. 난 떨리는 다리를 진정시키고 가까스로 앞으로 나가 상을 받았다. 상금이 40파운드나 되었는데 당시 나에겐 아주 큰돈이었다.

웩슬러 선생님은 내가 상을 받아 오자 무척 기뻐했다.

"제인, 잘했구나. 그럴 줄 알았어. 너 발레보다 스페인 춤을 전공하면 어떻겠니? 넌 정말 스페인 춤에 재능이 있어."

"아니에요. 전 발레를 할 거예요. 발레 때문에 한국에서 여기까지 온걸요."

"그래. 알았다. 참, 상금은 뭘 하기로 했니?"

"선생님, 스페인 무용 신발은 얼마나 해요?"

나는 상금으로 받은 40파운드를 스페인 무용 신발을 사는 데 쓰기로 했다. 스페인 춤으로 번 돈이니까 스페인 춤을 위해 투자해야 한다고 생각했다. 며칠 뒤 주문한 신발이 도착했다. 굽이 두껍고 높은 신발을 신으니 기분이 더욱 좋았다. 굽 소리도 경쾌하게 났다.

웩슬러 선생님이 나에게 스페인 춤을 전공하는 게 어떻겠냐고 물었을 때 나는 자존심이 조금 상했다. 나는 누구보다 발레를 사랑하는데 발레가 아닌 다른 걸 선택하라니, 그건 말도 안 되는 일이다. 스페인 춤도 멋지고 재미있기는 하지만 발레만큼은 아니다. 스페인 춤에서 인정을 받은 것처럼 발레로도 인정을 받는 날이 올 거다. 세상 그 무엇과도 발레를 바꾸지 않겠다.

부모님이 이혼을 해도 내 인생은 그런 대로 문제없이 굴러가는 것처럼 보였다. 5학년부터는 주말에 화장을 하는 것이 허용되었고, 일 주일에 서너 번 외출도 가능했다. 그러나 나는 4학년 때와는 달리 화장을 하거나 옷을 차려입는 일에 시들해졌다. 5학년들에게는 5학년 전용 부엌과 휴게실이 있었다. 주니어들은 물론 6학년도 들어 올 수 없었다.

그래서 냉장고 안에다 자기 음식을 넣어 둘 수도 있고 음식을 조리할 수도 있었다. 같은 학년에 '조안' 이란 애가 있었는데 요리에 관심이 많았다. 대부분의 아이들은 외출에서 돌아올 때 치즈나 음료수, 고기파이 같은 걸 사다가 냉장고에 넣는 낙으로 살았다. 냉장고를 열어 보면 정말 굉장했다. 음식마다 각자의 사인과 무시무시한 경고문이 붙어 있었다.

여름 학기엔 시험도 봐야 하고 발레 평가도 있어서 모두 바빴다.

나도 정신을 바짝 차리고 공부와 발레에 임했다. A반 아이들은 점점 불평이 많아졌다. 너무 기초만 질질 끌고, 같은 동작을 한 시간 내내 하다 다음 시간에 갑자기 복잡한 동작을 몇 가지씩 가르친다는 것이었다.

그런 얘기를 듣고 난 A1반이 나에게는 더 알맞은 코스라는 생각을 하고 여태까지 A반을 부러워한 마음을 버렸다. A1반은 진도가 조금씩 나가서 재미있게 따라갈 수가 있었다.

하루는 A반과 A1반이 함께 수업을 하게 되었다. 학생 수가 많아서 메를 파크 스튜디오에서 발레를 하는데 위에서 루펏이 내려다보고 있었다.

"제인, 한번 해 봐."

웬일인지 선생님이 날 지목하더니 삐루에뜨(Piroueete : 재빨리 빙 도는 동작)를 설명하며 앞에서 시범을 보이라고 했다.

"삐루에뜨는 어떤 힘으로 하는 거지? 쁠리에(Plie : 무릎을 구부림)와 팔의 운동을 이용해서 완전히 일회전 할 수 있는 힘을 얻어야 해. 삐루에뜨는 완벽한 균형을 요구하는 거야. 자, 제인의 발을 봐. 버티고 있는 발의 모든 발가락을 사용해야 하는 거야. 땅에 발가락을 강하게 눌러야 해. 몸의 균형을 위해서 말이야. 그런데 삐루에뜨를 할 때 몸통은 어떻게 해야 할까? 꼿꼿한 수직? 아니야. 조금 앞으로 기울어지는 거야. 제인, 팔을 벌려 봐라. 몸이나 어깨의 힘으로 회전하는 일이 없도록 팔을 벌리는 거야. 팔의 힘으로 돌기 위해서. 자, 몸이 관객으로부터 돌아갈 때 머리는 마지막으로 움직이고 몸이 관객을 향해 돌아올 때는 머리가 맨 처음 도착하도록 해야 해. 몇 번을 회전하든지 항상 정면을 잊지 말고 기억해야 한다. 알았지? 제인, 해 봐."

나는 정말 멋지게 해냈다. 다섯 번이나 회전을 했다. 어떻게 그렇게 잘했는지 나도 알 수 없을 정도였다. 아이들이 모두 박수를 쳐 주었다. 선생님도 잘했다고 칭찬을 해 주었다. 나는 얼른 위쪽 유리창을 올려다보았다. 루펏은 날 보면서 엄지손가락을 올리며 웃고 있었다.

난 기분이 너무 좋아서 입이 벌어지는 걸 간신히 진정시키면서 수업을 받았다.

다음 동작은 복합 스텝이었다. 나는 기운차게 선생님을 따라하다가 송진이 너무 많이 칠해진 곳을 밟는 바람에 발이 바닥에 걸려 넘어졌다. 얼마나 요란스레 넘어졌는지 선생님은 날 일으키지도 못하고 양호 선생님을 불러오라고 했다. 어디가 부러졌으면 함부로 움직이면 안 된다는 것이었다. 난 순간적으로 아픈 것보다 창피한 생각이 들어 얼른 일어섰다. 다행히 다친 곳은 없었다.

"선생님, 저 괜찮아요."

그제야 아이들은 마음 놓고 웃었다. 로즈마리는 내가 넘어진 모습이 죽은 생선 같았다고 말했다. 나는 혹시 루펏이 그 모습을 보았을까 봐 걱정이 되었다. 그 다음부터 루펏이 저만치 보이면 피해 갔다.

루펏이 어떤 여학생이랑 데이트를 한다는 소문이 퍼졌다. 나는 은근히 화가 나서 복도에서 마주칠 때도 루펏을 당당히 쳐다보았다. 루펏은 여학생이 준 스카프를 목에 두르고 있었다. 루펏도 그 여학생에게 스카프를 선물해서 항상 두르고 다닌다는 소문이 있어서 난 대번에 그걸 알아보았다.

내 눈으로 그 스카프를 확인하자 몹시 약이 올랐다. 하지만 아무 말도 할 수 없는 처지이니 그냥 말없이 지나쳤다. 루펏은 내가 다른 때와는 달리 수줍어하지도 않고 인사도 하지 않자 날 돌아보다가 그만 넘어지고 말았다. 아이들이 웃어댔지만 난 차갑게 바라보고 그냥 가 버렸다.

여름 학기가 끝날 무렵, 발레 평가 시험에서 난 A1반의 1등을 차지했다. 드디어 내가 무언가를 보여 준 셈이었다. 기분이 좋았다. 웩슬러 선생님이 아닌 부장 선생님이 평가하는 시험에서 1등을 했다는 것이 더욱 뿌듯했다. 난 가벼운 마음으로 여름 방학을 맞이하고 서울로 왔다.

막상 집에 간다고 생각하니 약간 떨렸다. 공항에는 아버지와 재준이 둘만이 날 기다리고 있었다. 그 모습이 왠지 낯설고 슬프게 느껴졌다.

공항에서 집으로 가는 동안 아버지는 내게 아주 간단하게 설명했다.

"줄리 고모가 편지했다며? 미안하다. 내가 먼저 말했어야 하는 건데. 너희 둘 다 내가 기르기로 했다. 그게 무리가 없을 것 같았어. 만일 네가 엄마에게 가고 싶다면 말해라. 네 의견도 중요하니까."

"아니, 그냥 아빠 곁에 있을게. 엄마가 간 곳은 우리 집이 아니잖아."

"엄마랑 연락을 하거나 만나는 건 네 생각대로 해라. 그걸 막을 생각은 없다. 막을 수도 없을 테고."

"응."

"우리끼리 잘 지내 보자. 이젠 이 상황에서 어떻게든 잘 해 봐야지, 어쩌겠니?"

"근데, 엄마는 언제 떠났어?"

차 유리창에 머리를 기대고 자는 척하던 재준이가 떨리는 목소리로 대답해 주었다.

"십이 월 이십삼 일에."

난 아무 말도 안 하고 집에까지 갔다. 그러니까 크리스마스 날 내가 전화했을 때, 이미 모든 게 끝났단 소리였다. 집에서 무슨 일이 벌어지는지도 모른 채, 난 영국에서 칠면조 만찬을 먹고 캐럴을 부르고 지낸 것이었다. 기가 막혔다. 재준이 머리를 쓰다듬어 주려다가 그만두었다. 재준이는 이미 너무 커 버렸다. 나보다 더 철이 든 것 같았다.

현관문을 열고 집 안으로 들어왔는데도 '우리 재인이 왔구

나.' 하면서 환하게 웃어 주는 어머니의 모습은 없었다. 마음
한 구석에 어머니가 갑자기 나타나리라는 희망이 숨어 있었던
모양이다. 짐을 대충 풀고 옷을 갈아입고 샤워를 하면서도 자
꾸 무슨 소리만 나면 귀를 기울였다. 하지만 이미 지나간 일을
돌이킬 수는 없었다.

나는 집 안을 휘 둘러보았다. 책상 위치가 바뀌었고, 그렇게
지저분하던 욕실이 말끔히 치워져 있었다. 신경질을 내는 사람
도 없었고, 불안감도 사라졌고, 설거지감도 쌓여 있지 않았다.

주부가 없는데도 집안 살림은 그런대로 제 꼴을 갖추고 있
었다. 솔직히 말하자면 쿠웨이트에서 온 뒤 어머니는 주부 역
할을 팽개쳤다. 그래서 그 때 나는 주부가 자기 책임을 잊었을
때 집안의 모양새가 얼마나 험악해지는지 잘 알게 되었다.

정돈된 집을 보니까 마음이 조금 편해지고 집에 오길 잘했
다는 생각이 들었다. 어머니가 떠나고, 아버지는 홀아비고, 우
리는 이혼남의 자녀라서 슬프다는 생각은 차츰 사라졌다. 새로
운 상황에 빠르게 적응해 간 것이었다(그게 나의 특기라면 특
기겠지).

그래도 문득문득 어머니가 없다는 사실이 이상할 때가 많았
다. 우리 셋은 아무도 어머니에 대해서 이야기하지 않았다. 이
제 잊어야 할 사람이라고 생각했다. 나는 재준이 책상을 치우

다가 수첩에서 어머니 연락처를 발견했다. 지역 번호가 경기도였다. 어머니는 작은 외삼촌이 사는 수원 근처로 간 모양이었다. 내 수첩에 그 번호를 베껴 적었다. 전화기를 들고 몇 번을 망설였다.

'아냐. 지금은 엄마도 우리 생각하면 더 힘들 거야. 잘 지내시겠지.'

나는 집에 있을 때만이라도 자기 전에 어머니를 위해서 기도하기로 결심했다. 만나서 더 슬프다면 조금 더 참는 게 좋을 것 같았다. 어머니도 나도 서로 마음을 가다듬은 다음 만나는 게 좋을 듯했다.

'엄마도 우릴 위해 밤에 기도할까?'

그 생각을 하니 눈물이 났다.

일 주일에 세 번 오는 파출부 아주머니는 김치를 잘 못 담그는 것 말고는 좋은 사람이었다. 아주머니는 올 때마다 빨래와 청소를 하고 밑반찬을 만들어 주었지만 매일 아침, 저녁상을 차리고 설거지하는 건 내 몫이었다.

난 아주머니가 음식을 할 때마다 잘 봐 두려고 했지만, 기숙사에서 주는 대로 먹던 습관이 있어서 내 손으로 무얼 하는 게 영 서툴렀다. 일 주일 동안 집에 있다 보니 좀 답답했다.

올림픽이 코앞에 닥친 때라 TV에서는 매일 〈손에 손잡고〉

란 노래가 흘러나오고 올림픽에 관한 특집 프로그램이 방송되었다. 나는 루시 아버지의 얘기가 생각나서 왠지 우쭐해졌다. 방학 끝나고 영국에 돌아가면 아이들에게 올림픽 자랑을 하려고 생각하니 집 안에만 있으면 안 될 것 같았다. 하지만 친구도 없고, 갈 곳도 없었다. 이제는 외가 쪽 친척들에게 놀러 갈 수도 없었다. 재준이는 컴퓨터 게임에 푹 빠져 있었다. 그러고 있는데 줄리 고모에게서 전화가 왔다.

"고모, 웬일이야? 나 지난 주에 서울로 왔어."

"그래. 너 갔을 거 같아서 전화했어. 난 이번에 논문 써야 돼서 서울 못 갔어. 어떠니? 집 분위기 말이야."

"좋아. 아주 좋을 수는 없지만 생각보다는 괜찮아. 견딜 만하니까 걱정 마"

"다행이다. 재준이는? 실은 너보다 더 재준이가 더 걱정돼. 재준인 아직 어리잖아."

"모르겠어. 별로 말을 안 해서. 어떤 때는 나보다 더 의젓한 거 같아."

"네가 신경 좀 써. 재준이 나이에 너무 많은 걸 보고 겪었어."

"고모, 한국에 언제 와?"

"모르겠어. 잘하면 졸업하고 여기서 취직할 거 같아. 그러면 더 가기 힘들겠지."

나랑 얘기가 잘 통하는 막내 고모도 보기 힘들게 되었다는 말을 듣자 기운이 쭉 빠졌다.

"참, 내 친구 서울 갔는데 선물 가지고 갔어. 전화해서 만나서 받아. 맛있는 것도 사 달라고 해도 돼, 알았지?"

난 고모가 가르쳐 준 전화번호로 전화를 해서 고모 친구를 만났다. 그 언니는 고모보다 두 살 어렸지만 진한 화장 때문에 고모보다 훨씬 어른스러워 보였다.

"네가 재인이니? 자, 이 선물 받아라."

"고맙습니다."

나는 고모 친구가 전해 준 선물을 열어 보았다. 작은 성경책과 일기장이었다. 고모 마음이 이해가 되었다.

"맘에 드니?"

"네."

"그 고모에 그 조카구나. 난 또 조카에게 전해 주라기에 예쁜 옷 아니면 액세서리나 카세트테이프 같은 건 줄 알았지. 재미없게 성경에 일기장이 뭐니? 고리타분하게. 줄리 성격에 안 어울린다. 안 그러니?"

"지금 제 처지엔 이게 어울려요."

"넌 무슨 애늙은이 같은 소릴 하니? 열다섯 살이라면서?"

"네."

"설마 수녀가 되려는 건 아니겠지?"

"아니에요. 요즘 제가 마음이 불안해서 고모가 진정하라고 이런 선물을 보낸 거예요. 꼭 알맞은 선물이죠."

"진정은 무슨 진정. 열다섯 살 때에는 무조건 즐겁게 지내야 하는 거야. 너 오늘 바쁘니?"

"아뇨. 안 바빠요."

나는 얼떨결에 그 언니를 따라 나섰다. 언니 이름은 '애희'라고 했다. 난 '재인'이라는 한국 이름을 말해 주었지만 애희 언니는 계속 억양을 올려가면서 '제인'이라고 불렀다. 애희 언니는 정말 돈이 많았다. 압구정동 골목을 누비고 다니면서 거리낌없이 옷과 구두를 샀다. 나는 가방 속에 넣은 성경책과 일기장을 곧 잊고 애희 언니가 쇼핑하는 걸 구경하는 데 열중했다. 나는 신이 나서 애희 언니 옷 고르는 걸 거들었다.

"너, 조그만 게 제법 센스가 있구나. 역시 외국에서 오래 살아서 그런지 옷 보는 안목이 있어. 너 맘에 든다."

돌아다니다 보니 어느새 시간이 훌쩍 지나갔다. 애희 언니가 저녁을 사 준다고 했지만 나는 재준이가 맘에 걸려서 그냥 집으로 왔다. 집에 도착하니 벌써 일곱 시 반이었다. 재준이는 중국 영화를 보고 있었다.

"재준아, 너 벌써 밥 먹었니?"

"그냥, 이것저것 먹었어."

거실 테이블에 과자 봉지가 흩어져 있었다.

"아줌마가 밥 안 해 놓고 갔어?"

"저기 있어."

"근데 왜 안 먹었어? 과자만 먹었구나? 밥을 먹어야지."

난 초등 학교 4학년이나 되는 애가 밥도 혼자 못 챙겨먹는 게 화가 났다.

"너, 밥 좀 차려 먹으면 손이 부러지니? 아줌마가 밥이랑 반찬이랑 다 해 놓았으니 국만 데워 먹으면 되는데 그게 그렇게 어려워?"

재준이는 갑자기 TV 볼륨을 높였다. 내 얘기가 듣기 싫다는 뜻이었다. 난 더 큰 소리로 말했다.

"나는 뭐 신나서 매일 밥 차리고 설거지하는 줄 아니? 방학이라고 집에 왔는데 만날 일이나 하고 신나는 일도 없고…… 오랜만에 좀 재미있게 놀다 왔더니 넌 내 시중 받을 준비만 하고 있니? 정말 짜증나 죽겠어."

난 재준이가 걱정되어 서둘러 집에 왔지만 막상 재준이를 보니 더 못 놀고 온 것이 약이 올랐다.

"당장 밥 먹어!"

소리부터 질러놓고 재준이를 바라보았다. 재준이는 입을 씰룩거리더니 울기 시작했다.

"어어? 너, 왜 울어?"

난 좀 당황했지만 밥을 차려 주긴 싫었다.

"얼른 가서 밥 차려 먹어."

"누나!"

재준이는 울먹이면서 간신히 말을 이었다.

"혼자 밥 먹기 싫어서 누나 오면 같이 먹으려고 기다린 거야."

나는 너무 미안해서 뭐라고 말해야 좋을지 몰랐다. 재준이는 키는 나만 했지만 마음은 아직도 여린 애였다. 난 재준이가 그 동안 얼마나 외롭게 지냈는지 미처 생각하지 못했던 것이다.

"그, 그럼, 진작 말하지. 기다린 김에 아빠 오실 때까지 기다리자. 다 같이 먹지, 뭐."

"아빠는 오늘 친구들 만나서 술 마시고 밤늦게 온다고 전화 왔어."

"그, 그래?"

나는 돌아다니면서 여러 가지 간식을 먹어서 배가 고프지 않았지만 재준이와 같이 식탁에 앉았다.

"먹어. 배고프겠다."

그런데 재준이는 숟가락을 든 채 고개를 푹 숙이고 계속 울었다. 나는 너무 마음이 아팠다. 하지만 동생 앞에서 울 수는 없었다. 간신히 달래서 밥을 먹이고 재준이 방으로 따라 들어갔다. 재준이는 그냥 침대에 누워 버렸다. 난 침대 끄트머리에 걸터앉았다.

"재준아, 엄마랑 아빠랑 이혼할 때 어땠니? 난 보지 못해서 그런지 아직도 실감이 안 나. 내일쯤 엄마가 가방 들고 다시 올 것 같아. 넌 안 그래?"

"엄만 안 와."

재준이는 조금 전과는 달리 아주 침착하게 말했다.

"엄마가 나갈 때 어떻게 한 거야? 아빠는 뭐라고 그랬어? 응?"

나는 갑자기 어머니가 집을 나설 때의 상황이 몹시 궁금해졌다. 아무리 상상을 해도 구체적인 상황이 그려지지 않았다. 아버지와 어머니가 싸우는 걸 보기는 했지만, 이혼을 들먹이며 집을 나갈 때는 그냥 싸울 때와는 뭔가 다른 점이 있었을 텐데 도무지 짐작이 안 갔다. 내가 자꾸 묻자 재준이는 간신히 대꾸했다.

"누나, 누난 그 장면 안 봐서 다행이야. 누나가 봤으면 기절

했을 거야. 엄마도 아빠도 다 미워. 하지만 지금은 아빠가 불쌍해."

재준이는 이불을 확 끌어당겨 얼굴을 덮어 버렸다. 난 멍하니 그냥 있었다.

'어쩌다 우리 가족이 이렇게 된 걸까? 도대체 왜 이런 일이 우리한테 일어난 거야?'

재준이는 이불 속에서 울기 시작했다. 나는 방바닥에 내려앉아 침대에 머리를 박고 울었다. 그렇게 함께 울면서 나는 앞으로 재준이한테 좀더 신경을 써야겠다고 생각했다. 눈이 퉁퉁 붓도록 울다가 내 방으로 왔다.

쥴리 고모가 보내 준 일기장을 펼쳤지만 손에 힘이 빠져서 아무것도 쓸 수가 없었다. 그래서 성경을 펼쳤다.

아버지가 열쇠로 문을 열고 들어오는 소리를 듣고 나는 불을 껐다. 아버지에게 퉁퉁 부은 눈을 보일 수는 없었다.

결국 새 일기장에는 첫 장부터 눈물 자국을 남기고 말았다.

오데트 : 동생이 너무 불쌍해요. 어린 나이였는데……

클라라 : 나도 어렸는걸.

오데트 : 동생은 부모님이 이혼하는 과정을 직접 봐서 더 힘들었을 거예요.

클라라 : 그랬을 거야.

오데트 : 방학에 집에 오는 게 더 이상 즐겁지 않았겠네요.

클라라 : 슬퍼하는 가족을 두고 학교로 돌아가려니까 마음이 편하지 않았지.

오데트 : 학년이 올라가면서 발레 실력은 많이 늘었나요?

클라라 : 마지막 학년이 되니까 마음이 조급해졌지. 발레 실력은 열심히 한다고 꼭 느는 건 아니란 걸 알게 되었어.

*8
또다른 도전

올림픽을 보고 간다는 핑계로 난 개학날보다 일 주일이나 늦게 학교에 도착했다. 하루라도 더 아버지와 재준이 옆에 있고 싶었지만 일 주일 이상 미룰 수는 없었다.

5학년 2년차가 시작된 것이었다. 이 학교에서 지낼 시간이 1년뿐이라고 생각하니 공부도, 친구도, 발레도 다 소중하게 느껴졌다. 새 학년이 시작된다는 게 기쁘고 벅찼다.

알렉산드라는 내게 부러움의 대상이었다. 좋아했지만 부러워하는 마음이 더 커서 내 고민을 털어놓기에는 알 수 없는 벽이 있었다.

알렉산드라는 직업 발레단에 들어갈 생각이 없었다. 그런데도 발레 시간에 A반에서 수업을 받았고 발레하기에 적당한 체격이어서 쉽게 좋은 포즈와 스텝을 보여 주었다. 그것뿐만이 아니었다. 알렉산드라 어머니는 너무나 상냥하고 정이 많은 분이어서 걸핏하면 소포와 편지가 왔다. 한 번은 외출할 수 있는 주말이었는데, 외국 학생들만 남게 되어 서로 영화 본 얘기를 하고 있었다. 그런데 사감 선생님이 알렉산드라에게 상자를 하나 가져왔다.

"네게 온 거란다."

알렉산드라는 얼른 상자를 열었다. 빨간 구두 한 켤레와 쪽지가 들어 있었다. 알렉산드라는 구두를 신고 쪽지를 읽었다.

'이 신발을 신고 얼른 아래층 현관으로 내려오너라. 엄마.'

"우와, 엄마가 왔어!"

알렉산드라는 날 끌어안고 깡충깡충 뛰면서 좋아했다. 딸을 기쁘게 하려고 미리 연락도 안 하고 이탈리아에서 영국까지 온 어머니를 가진 친구. 난 그런 친구에게 내 결점과 집안일, 고민 등을 쉽게 털어놓을 수가 없었다.

나는 두 사람이 짝을 지어 추는 2인무(파드두)를 배우는 시간에 흥미를 가졌다. 게리 셔우드 선생님 때문이었다. 사십대 초반, 회색 눈을 가진 선생님은 발레리나와 결혼했다고 한다. 셔우드 선생님은 엄격하면서도 유머가 있었다. 파드두는 토요일에 수업이 있었는데, 주말엔 화장이 허용되었기 때문에 난 파드두 시간마다 엷게 화장을 하고 가장 깨끗한 리어타드와 타이츠, 신발을 챙겨갔다. 수업 시작 10분 전에 미리 스튜디오에 가서 스트레칭도 했다. 선생님 앞에서 좀더 유연한 동작을 보이고 싶은 마음에서였다. 루펏이 졸업한 뒤, 루펏 대신 셔우드 선생님이 내 짝사랑의 대상이 된 것이다. 그런데 한 가지 문제는 셔우드 선생님과 알렉산드라가 친하다는 거였다.

셔우드 선생님은 이탈리아의 국제 하계 발레학교에서 가르친 적이 있고, 알렉산드라는 그 학교에 다녔다는 과거 때문이었다. 게다가 알렉산드라 가족과 셔우드 선생님이 잘 알고 있다니, 나에게는 너무 불리했다.

복도에서 셔우드 선생님과 알렉산드라가 마주치자 선생님이 먼저 알렉산드라에게 아는 척을 했다. 곁에 있던 내 눈에서 불꽃이 일었다.

"알렉산드라, 부모님은 안녕하시니?"

"네, 선생님."

"언제 다시 이탈리아에 가서 네 어머니가 해 주신 파스타를 먹어 볼까? 정말 맛있었어."

"어머니께 그렇게 전해 드리겠어요."

"그래. 발레도 잘하고 있으니 네 어머니가 널 그렇게 예뻐하는 게 당연하지."

"고맙습니다."

난 속으로 알렉산드라와 발레 수업을 같이 받지 않는 게 너무 다행이라고 생각했다.

파드두 시간엔 내가 인기가 좋았다. 내 키가 작으니까 가볍고 들기가 좋다는 이유 때문에 남학생들이 서로 내 파트너가 되려고 했다. 남학생 수가 워낙 적어서 남학생 한 명에 여학생 세 명이 한 팀이 되어서 연습을 했다. 여학생이 한 번 연습할 때 남학생은 똑같은 동작을 세 번 해야 하기 때문에 남학생들은 몸집이 작은 여학생을 좋아할 수밖에 없었다.

나는 서우드 선생님이 동작을 설명할 때면 내 몸이 선생님 눈 속으로 흡수되어 들어가는 기분으로 열심히 들었다. 물론 선생님이 볼 때 나는 많은 학생들 중에 한 명일 뿐이겠지만 그걸 무시하고 싶었다. 아이들 중에서 나만 돋보이는 방법이 없을까 늘 궁리했다. 그러나 그런 획기적인 방법은 없었다.

5학년 2년차가 되니 여러 가지 변화가 있었다. 나에게 못되게 구는 애도 없었고 다들 형제자매처럼 친하게 지냈다. 2, 3년씩 같이 지내다 보니 미운 정 고운 정이 들게 된 것이다.

가장 놀라운 변화는 말썽쟁이 에드워드의 변화였다. 에드워드는 '크리스천 펠로우쉽 미팅(Christian fellowship meeting)'이라는 모임을 만들어 매주 친구들과 기도를 하고 성경 공부를 했다. 나도 그 모임에 가입해서 활동했는데 금요일마다 식당에 모여 서로의 믿음이 군건해지도록 기도를 하고 격려했다. 부모님이 이혼한 뒤라 그런지 나는 종교적 믿음이 내게 필요하다고 느꼈다. 무언가에 내 마음을 의지하고 싶었다.

그리고 에드워드는 잡지를 만들어서 10페니에 팔았다. 잡지 이름은 〈무법자 지렁이(Rebel Worm)〉였는데 한 학기에 두 권쯤 나왔다.

에드워드는 공부 시간에도 자기가 흥미 없는 과목이면 잡지 원고를 쓰느라 바빴다.

손으로 쓴 원고를 복사해서 만든 소박한 잡지였지만 아이들은 에드워드의 잡지를 손꼽아 기다렸다. 에드워드의 아이디어로, 에드워드의 글과 생각이 가득 찬 20여 페이지의 잡지가 만들어지면 아이들은 10페니를 투자해서 그것을 샀다. 잡지는 10페니의 가치가 충분히 있었는데, 정치적인 의견뿐만 아니라 유머, 시사 비평 만화도 있었다. 에드워드는 수업에 빠지는 날이 많았는데도 공부를 꽤 잘했다. 그런데 5학년 2년차부터는 수업도 열심히 들어왔다.

내가 아직도 기억하는 잡지의 내용은 런던의 거지에 관한 얘기다. 당시에는 대처 수상이 집권을 하고 있었는데, 복지 예산을 대폭 삭감하는 바람에 런던의 집값이 폭등하고, 보조금이 끊긴 저소득층 사람들이 거리로 쫓겨났다. 지하철역과 사회 보호 시설에서 잠을 자는 사람들은 일자리를 구할 수 없었다. 정확한 주소가 없는 사람은 누구도 고용하려 하지 않았기 때문이다. 무주택(소유가 아니라 임대를 뜻한다.)이니 무직이 되고, 무직이니 무주택이 당연하게 되는 악순환이 벌어진 것이었다. 이러한 상황에 대해 에드워드는 '노 하우스, 노 잡(No house, no job)'이란 제목으로 칼럼을 썼는데 그 내용은 대략 다음과 같다.

대처는 냉정하다. 부지런히 일하지 않는 사람들까지 국가가 먹여 살릴 수 없다는 게 그녀의 의견이다. 얼핏 보면 그것은 옳은 것 같지만 내가 런던의 지하철역에서 만난 거지들은 결코 게으른 자들이 아니었다. 런던에만 2천 명의 집 없는 천사들이 지하철역이나 공원의 벤치, 심지어 빌딩의 현관 앞에서 잠을 자고 있다. 물론 워털루 다리 밑에서 자는 사람들도 있다.

그들은 2~3년 전만 해도 값싼 임대료를 주고 주택에서 살았고, 직장이 있어 열심히 일하던 바로 우리의 이웃이었다. 그런데 대처가 주택 보조금을 삭감해 버리고 임대료를 올려서 어쩔 수 없이 거리로 내쫓겼다. 열심히 일하려 해도 이력서에 써 넣을 집 주소가 없다는 이유로 번번이 일자리에서 쫓겨난다. 그런데 대처는 그들이 '부지런하지 못하다'고 단정했다.

평범한 서민을 거지로 만드는 것이 영국의 정치인가? 대처는 물러나야만 한다.

그들을 돕고 싶다면 아래 전화번호로 연락하면 된다.

성마틴 교회 부설 사회 보호소 ○○○-××××.

가을이 점점 깊어지자 조안은 초조해하기 시작했다. 살을 빼지 않으면 크리스마스 공연 때 코러스나 해야 한다고 걱정을 했다. 물론 발레를 배우는 애들은 누구나 살이 찔까 봐 두려워하고 늘 신경을 썼다. 실컷 먹고는 고대 로마 사람들처럼 일부러 토하는 애들도 있었다. 나는 그런 걸 볼 때마다 끔찍했다. 어떻게 목구멍에 손가락을 집어넣고 일부러 토하는지 알 수가 없었다. 살이 찌면 쪘지, 난 도저히 그렇게 지독하게는 못 할 것 같았다. 조안은 내 말을 듣더니 한숨을 내쉬었다.

"제인, 넌 심각하게 살이 안 쪄서 그렇게 말하는 거야. 나처럼 돼 봐. 뭘 못하겠니?"

며칠 뒤, 조안이 화장실에서 쓰러졌다. 이유는 약물 과다 복용이었다. 양호 선생님인 시스터 크리스티가 그렇게 흥분한 것은 처음 보았다.

그 날 저녁, 기숙사가 발칵 뒤집혔다. 선생님들이 소지품 검사를 해서 아스피린, 비타민까지 약이란 약은 다 빼앗아갔다. 비타민 한 알이라도 양호 선생님의 허락을 받고 먹어야 한다고 했다.

조안이 먹은 약은 설사약의 일종이었다. 나도 그 약을 알고 있었다. 변비가 심할 때 한 알씩 먹는 것인데 아이들은 저녁밥을 좀 많이 먹었다 싶으면 그 약을 먹고 화장실에 앉아 있었다. 위에서 소화가 되기도 전에 씻어 내려야 살이 안 찐다는 생각에서였다. 누군가 그 약을 먹고 화장실에 앉으면 고약한 냄새가 나서 다들 도망갈 정도였다. 그런데 조안은 그 독한 약을 서른다섯 알이나 먹었다고 했다. 설사가 너무 심해 탈수증이 생겨 쓰러진 것이었다.

채플 시간에 교장 선생님은 매우 심각하게 우리의 약물 복용을 걱정했다.

"우리 엘름허스트에서 이런 일이 벌어지다니, 정말 부끄러운 일입니다. 어떤 종류의 약이든 양호 선생님의 허락을 받고 복용해야 합니다. 이 규칙을 어긴다면 더 이상 학교에 남아 있을 수 없다는 것을 명심하십시오."

설사약을 먹다가 각성제를 찾게 되고 그러다 마약까지 손대게 된다고 선생님들은 걱정했다. 그러나 대부분의 아이들은 어떻게 살을 뺄지 다시 궁리하기 시작했다.

런던에 가서 무용 시험도 봐야 하고 G.C.S.E도 준비해야 하는 5학년 2년차는 정말 눈코 뜰 새도 없었다. 바쁜 중에도 나는 새로운 인생을 꿈꾸었다. 1년만 참고 견디면 이 학교에서 나가도 된다는 생각이 날 들뜨게 만들었다. G.C.S.E 점수만 있으면 고등학교를 졸업한 셈이니 꼭 6학년에 진급할 필요가 없었다. 많은 아이들이 5학년 2년차를 끝내고 나면 런던의 학교나 외국의 발레학교로 옮겼다.

나는 더 이상 엘름허스트에 남고 싶지 않았다. 주말에도 외출을 못 하고 기숙사 주변에서 빙빙 돌고 기껏 한다는 게 스튜디오에서 디스코 파티, 아니면 돈 모아서 '빨강머리 앤' 같은 비디오를 빌려 보는 따분한 생활에 넌더리가 난 것이다. 그리고 학교 안에서만 생활하다 보니 내가 우물 안 개구리는 아닐까 하는 불안감도 있었다.

세상을 알고 싶고, 사회 생활도 하고 싶고, 다른 학교도 가보고 싶고, 다른 스타일의 발레도 배우고 싶었다. 조만간 학교를 떠날 생각을 하니 친구들에게 좀더 잘해 주고 싶었다.

파드두 시간에 함께 수업을 받는 사이몬이라는 6학년 선배가 있었는데 종종 내 파트너가 되는 경우가 있었다. 사이몬 선배는 담배를 많이 피우는 데다 세수도 잘 안 하고 수염도 제때 안 깎는 게으름뱅이였다. 어떤 때는 술 냄새까지 풍기면서 수업에 들어왔다. 파드두는 남자 무용수와 여자 무용수가 얼굴을 가까이 해야 하는 경우가 많은데 그 때마다 나는 남자 무용수의 고약한 냄새와 가당치도 않은 향수 냄새 때문에 오만상을 찌푸릴 수밖에 없었다. 하지만 무용할 때 인상을 찌푸리는 걸 서우드 선생님이 볼까 봐 억지로 웃으려니 정말 고역이었다. 게다가 가끔 사이몬 선배는 눈동자가 풀려 정신을 딴 데 두고 온 것 같을 때가 있었는데 그럴 때는 정말 함께 춤추고 싶지 않았다.

난 온 정성을 다해 춤을 추는데 파트너는 기계처럼 움직인다면 파드두를 제대로 표현할 수 없기 때문이었다. 그리고 서우드 선생님께 잘하는 모습을 보여 주고 싶은데 냄새나는 파트너와는 그것이 불가능했다.

할 수 없이 난 꾀를 냈다. 꾀라고 할 것까지도 없지만…….

"저, 이따 내 파트너 해 줄래요?"

나는 미리 스튜디오로 가서 기다리고 있다가 한 남학생에게 파트너가 되어 달라고 부탁했다. 6학년인 그 남학생은 내 파트너를 하기엔 키가 너무 컸지만 난 그걸 가릴 처지가 아니었다. 가만히 있다가 사이몬과 파트너가 되면 또 한 시간이 엉망이 되기 때문이었다.

"파트너는 선생님이 정해 주실 텐데."

"저기, 솔직히 말하면……. 이런 말하면 안 되는 줄 알지만 사이몬과 하기 싫어서 그래요."

"하하하, 하긴 그 녀석은 기숙사에서도 독방 쓰는 놈이야. 아무도 함께 방을 쓰지 않겠다고 하는 바람에……. 알았어."

셔우드 선생님이 들어오고 준비 음악이 흘러나오기 시작할 때 난 얼른 맨 뒤로 가서 섰다.

"제인, 넌 왜 그 뒤로 가? 키도 작은 녀석이."

"저……."

난 할 말이 없어서 우물쭈물했다. 그러자 내 파트너를 하기로 약속했던 선배가 대신 대답했다.

"선생님, 오늘은 제가 제인 파트너 하려고요."

"너희는 키 차이가 너무 많이 나잖아. 보기에 안 좋아."

"하지만 선생님, 저희 둘이 미리 연습을 해 봤는데 잘 되던데요."

"그래? 그럼 해 봐."

나는 셔우드 선생님의 허락이 떨어지자 안도의 한숨을 쉬었다. 하긴 키 차이가 많이 나는 우리 둘의 파드두는 코미디 같아 보일 수도 있었다. 하지만 누구나 꼭 알맞은 조건에서만 살라는 법은 없었다. 이렇게도 해 보고 저렇게도 해 봐야 어떤 경우가 닥쳐도 당황하지 않을 것 아닌가.

수업이 끝나자마자 탈의실로 달려가는데 누군가 나를 붙들었다. 사이몬 선배였다.

나는 애써 친절한 미소를 지어 보였다.

"제인, 너 나랑 파트너 하기 싫어서 그런 거지?"

"아, 아녜요. 그 선배가 키 큰 여학생은 무거워서 들기 힘들다고 자기랑 하자고 했어요."

나는 얼른 대답을 하고 도망치듯 빠져나왔다. 그리고 급히 옷을 갈아입고 식당으로 달려가 앞쪽 교사 석에 앉은 셔우드 선생님을 쳐다보면서 밥을 먹었다. 선생님이 샐러드를 먹으면 나도 샐러드를 먹고 선생님이 햄을 먹으면 나도 햄을 먹었다. 그런 나를 보고 로즈마리가 한 마디 했다.

"제인, 너 셔우드 선생님이 몇 살인 줄 아니? 마흔이 넘었어. 정신 차려."

"그게 무슨 상관이야? 사랑엔 국경도 없다는데 그깟 나이 차이가 뭐라고. 또 예술가들은 나이 차이가 많이 나는 사랑을 하는 게 보통이야."

"맙소사! 셔우드 선생님은 결혼했어. 부인이 얼마나 미인인데."

"로즈마리, 넌 왜 그렇게 세상 물정을 모르니? 우리 엄마랑 아빠도 결혼했는데 지금은 헤어졌어. 결혼이 뭐 영원한 거니?"

"제인, 아주 홀딱 빠졌구나? 그러지 말고 우리 또래 애를 사귀어 봐."

"로즈마리, 조용히 해. 난 애송이는 싫어."

"뭐? 너 루펏 짝사랑할 때는 그런 소리 안 했잖아."

"철이 들면 생각도 바뀌는 거야."

"잘해 봐라. 이 정신없는 아가씨야."

로즈마리는 피식 웃으면서 가 버렸다. 남들이 뭐라고 해도 난 어떻게든 선생님과 친해질 기회를 만들고 싶었다.

G.C.S.E 시험은 필수 과목과 선택 과목이 있는데 선택 과목을 많이 하면 할수록 대학에 들어갈 때 유리했다. 우리 학교는 예술학교라 대학에 들어갈 필요가 없기 때문에 대부분의 학생들은 선택을 두세 개 정도만 했다. 최소한 일곱 과목은 시험을 봐야 하고, 다섯 과목은 필수였다.

선택 과목 중 음악을 택한 아이들도 꽤 있었는데 발레를 이해하는 데 음악이 절대적으로 중요하기 때문이었다. 난 다룰 줄 아는 악기도 없는데다 음악 코스가 굉장히 어렵다는 걸 알고 일찌감치 포기했다. 대신 미술을 택해서 수업을 받았다. 그런데 가을 학기가 끝나도록 난 아무 희망을 발견할 수 없었다. 봄 학기까지 실기 작품 일곱 개를 제출해야 하지만 제대로 된 작품을 완성하기는 너무 힘이 들었다. 나는 하는 수 없이 미술을 포기했다. 대신 역사와 영문학을 선택하기로 했다. 그 중에서도 역사는 내가 가장 흥미를 가진 과목이어서 공부하는 게 괴롭지 않았지만 영문학은 좀 어려웠다.

필수 과목은 수학, 영어, 프랑스어, R.E.(윤리), 종합과학(화학, 생물, 물리, 지구과학의 기초만 모아서 한 권의 책으로 배운다.) 이렇게 다섯 과목이었다.

수학은 난이도별로 I, II, III이 있는데 자기가 원하는 코스를 택할 수 있었다. 예술계 아이들은 대개 I 코스를 치르고, 인문계 아이들은 거의 II코스, 옥스퍼드나 케임브리지 같은 대학에 들어가려면 III코스를 밟아서 좋은 점수를 받아야 했다.

난 물론 I 코스를 택했는데, 그것도 너무 어려워 정신이 없었다. 알렉산드라는 우리 학년에서 네 명뿐인 수학 II코스 학생이었다. 난 수학을 잘하는 사람은 무조건 존경스러웠다.

알렉산드라는 겨울방학 때 가족과 이집트 여행을 갈 거라고 했다. 미리 이집트의 고대 문명에 대해 공부하겠다며 도서관에서 이집트에 관한 책을 세 권이나 빌려다 보았다. 시험 공부 외에 그런 공부를 하는 알렉산드라의 여유가 부러워 약이 오를 지경이었다. 겨울방학 동안 런던 아저씨네 가서 눈칫밥이나 먹을 내 처지를 생각하니 더욱 서글퍼졌다. 그럴 때마다 난 고모가 보내 준 성경을 읽으며 마음을 다잡았다.

겨울방학이 다가오자 교장 선생님의 개별 면담이 있었다. 5학년 2년차들의 진로에 관한 상담이라 매우 중요한 행사였다. 학생들은 교복을 갖춰 입고 한 사람씩 교장실에 들어가는데 그렇게 긴장될 수가 없었다.

'나한테는 뭐라고 하실까? 다른 학교로 갈 계획이라고 말하면 언짢아하실까? 더 이상 이 학교에 다니긴 싫은데…… . 추천을 해 주지 않아도 할 수 없지 뭐. 이 감옥 같은 데서 나가는 게 우선이니까. 지난 번 발레 실기 점수가 좋으니까 별 걱정 안 해도 되겠지.'

엘름허스트에 와서 첫 실기 테스트를 받은 뒤로 그렇게 긴장해 본 일이 없을 정도였다.

교장실에 들어가니 교장 선생님과 교장 선생님 부인(행정 사무를 맡고 있음), 총감독 무용 선생님 세 분이 나란히 앉아 있었다.

"제인 강, 그 동안의 네 기록을 보았다. 네가 우리 생각보다 더 잘 적응해 줘서 고맙게 생각한다."

"네, 교장 선생님."

"그래. 넌 앞으로 어떻게 할 생각이니? G.C.S.E 끝나고 나서 말이다."

"미국이나 스위스 같은 나라로 가서 발레 공부를 좀더 하고 싶어요. 그래서 직업 발레단에 들어가려고요. 그게 보통의 코스잖아요."

교장 선생님은 고개만 끄덕이고 서류에 뭔가 적어 넣었다. 무용 선생님이 입을 열었다. 지난 번 실기 시험 때 나에게 최고 점수를 준 바로 그 선생님이었다.

"제인, 냉정하게 말해서 넌 직업적인 발레리나는 될 수 없다."

"네?"

난 심장이 멎는 것 같았다. 눈앞이 깜깜해진다는 말이 실감났다. 부모님의 이혼 소식을 들었을 때보다도 더 암담했다.

'내가, 이 강재인이가 직업적인 발레리나가 될 수 없다고? 그럼 뭘 하란 말인가. 죽으란 말인가.'

난 호흡이 답답해질 정도로 가슴이 뭔가에 꽉 눌린 기분이었다. 말도 잘 나오지 않았다.

"난 최대한 객관적이고 공정한 입장에서 말한다는 걸 먼저 이해하길 바란다. 이런 말을 하는 거, 나도 쉽지 않아. 넌 발레 말고 다른 길을 찾아보는 게 좋겠다. 넌 아마추어로서는 뛰어난 무용수지만 프로 발레단에서 활약하기는 힘들어. 프로 발레단에서는 노력 이상의 것을 원하기 때문이야. 그리고 네 신체 조건도 거기서 원하는 것과 맞지 않아. 이렇게 말해서 미안하지만, 너 자신에게 보다 유리한 길을 택하는 것이 좋지 않겠니? 우리 인생은 생각보다 길지 않단다."

난 한 가닥 희망을 안고 교장 선생님을 바라보았다. 교장 선생님은 내게 격려를 해 주겠지, 하는 나약한 희망이었다. 하지만 교장 선생님 역시 날 실망시켰다.

"제인, 넌 우리 학교에 와서 매우 좋은 성과를 거두었다고 본다. 하지만 미시즈 히써링턴의 의견에 나도 동감한다. 발레를 배웠다고 누구나 발레리나가 될 필요는 없는 거다. 제대로 대우 못 받는 발레리나가 되느니 다른 분야에서 네 가치를 평가받는 게 나을 것 같다. 그래야 네 인생이 더욱 가치 있게 느껴질 거야."

"무슨 말씀이신지 알았습니다."

난, 내 크고 아름다운 꿈에 대해서는 아무 이야기도 못 하고 면담을 끝냈다. 교장실에서 나오자마자 난 참았던 울음을 터뜨렸다. 살면서 내가 이런 수모를 당하는 날이 올 줄이야……

내가 울자 친구들이 모여들었다.

"제인. 왜 울어? 왜 그래?"

내가 복도 끝으로 걸어가자 몇몇 친구들이 쫓아왔다. 울면서 기숙사까지 왔더니 친구들이 방까지 따라왔다. 방에 있던 알렉산드라가 깜짝 놀라 읽던 책을 팽개치고 내게 다가왔다.

"제인, 왜 그래? 무슨 일이야?"

"나더러 발레를 포기하래."

"뭐야? 누가?"

"무용 선생님이. 교장 선생님도 동의하신대."

난 간신히 대답하고 침대에 쓰러져 누웠다.

알렉산드라는 나보다 더 흥분을 하며 화를 냈다.

"말도 안 돼. 자기들이 무슨 권리로 남의 인생에 대해 이래라 저래라 하는 거야? 기가 막혀서……."

난 침대에 엎드려 펑펑 울었고, 알렉산드라와 친구들은 날 위로하느라 애썼다.

"제인, 히써링턴 선생님이 네게 최고 점수를 주었다는 사실을 잊지 마. 변덕도 심하지. 점수는 좋게 주고 이제 와서 엉뚱한 소리를 하다니. 그 선생님 말은 믿을 수가 없어."

"골반 뼈가 잘 안 돌아간다고 모든 걸 포기하란 말이야? 발레에 대한 네 열정은 어떡하고. 그리고 네가 예술적인 감정 표현이 얼마나 좋은데. 그런 장점은 아무에게나 있는 게 아니야. 배울 수도 없는 거라고. 그만 울어. 마음 굳게 먹어."

난 친구들의 위로 덕분에 조금 정신을 차렸다. 마음 속에서 오기가 생기기 시작했다.

'두고 보라지. 멋진 발레리나가 되어서 선생님들의 생각이

틀렸다는 걸 보여 주겠어.'

이를 악물고 친구들에게 고맙다고 말했다. 그 날은 기운이 없어 침대에 누워 책만 읽었다.

오늘 하루 좋은 책을 읽었다. 알렉산드라가 빌려 준 책은 '젤시 커크랜드'의 자서전이었다. 미국의 유명한 발레리나로 고생을 많이 하고 성공한 인물이었다.

젤시는 한때 좌절해서 마약에 빠져들기도 했다. 그러나 발레에 대한 열정으로 마약을 극복하고 최고의 자리를 차지하기 위해 온갖 노력을 아끼지 않았다. 정상의 발레리나로 활약하기까지 눈물겨운 고통을 이겨 내고 피나는 노력을 했는데 꼭 나를 겨냥하고 쓴 책 같다. 소련 출신 안무가 조지 발란신이 그녀의 재능을 인정하고 작품마다 그녀를 출연시킨 일은 정말 부러웠다. 아메리칸 발레 스쿨을 세우고 뉴욕시티 발레단을 창설한 발란신의 인정을 받다니……. 나도 권위 있는 사람이 인정해 준다면 젤시처럼 될 수 있을까? 젤시는 여러 차례 성형 수술을 하기도 했는데, 관객에게 더욱 아름다운 모습을 보여 주기 위해서였다. 나도 키를 크게 하는 수술을 받을 수 있다면 얼마나 좋은가?

예술은 얼마나 어려운 길인가. 선생님들의 악담에 개의치 말자. 이게 나의 시련이라면 넘어져 다치더라도 다시 이어서서 훗날 젤시처럼 성공할 테다. 그리고 자서전을 쓸 때 담담하게 적으리라. 고난과 절망을 밟고서 다시 일어섰다고. 꼭 그렇게 쓰고 말 거다.

주말에 속옷을 빨고 있는데 사무실로 오라는 연락이 왔다. 사무실에 가 보니 아버지에게서 전화 온 내용이 메모되어 있었다.

'이번 겨울방학 때 집에 올 수 있게 비행기 표를 보냈음. 아빠.'

나는 너무 좋아서 기숙사로 깡충깡충 뛰어서 왔다.

"알렉산드라, 나 방학 때 집에 가게 됐어."

"정말? 너무 잘 됐다. 나도 너무 기쁘다."

나는 알렉산드라의 목을 껴안고 기뻐하다 그만 울고 말았다. 절망스러운 순간에 이렇게 좋은 일이 생기니 너무 행복했다. 기숙사 친구들이 다 같이 기뻐해 주었다. 난 다시 활기를 찾고 겨울방학을 기다렸다.

크리스마스 공연은 전교생이 다 출연하기 때문에 서로 친해질 수 있는 좋은 기회였다. 스튜디오에서 자기 차례를 기다리는 동안 우리는 둥글게 앉아 이런저런 얘기를 하면서 시간을 보냈다. 그런데 에드워드가 한 가지 제안을 했다.

"모두 잘 들어 봐. 우리 5학년 2년차 학생들이 이렇게 다 같이 모여 앉을 기회가 또 없을 것 같아. 봄 학기와 여름 학기는 각자 G.C.S.E 시험 때문에 너무 바쁘고 시험 끝나면 학교를 떠나는 사람도 많잖아. 우리 이 시간을 좀더 의미 있게 보내자."

"어떻게?"

루시가 묻자 에드워드는 소품으로 준비하고 있던 촛불을 가리켰다.

"모두 이걸 켜자."

우리는 공연 마지막 장면에 쓰려고 가지고 있던 촛불을 켜고 스튜디오의 전등을 모두 껐다. 촛불 앞에 드러난 친구들의 얼굴은 조금 전과는 매우 달라 보였다. 나는 친구들 얼굴을 하나하나 들여다보았다.

에드워드는 조용하게 찬송가를 부르기 시작했다. 우리는 모두 따라 불렀다. 찬송가가 끝나자 에드워드는 루시에게 기도를 부탁했다. 루시가 일어서서 기도를 했다.

"여기 모인 친구들이 바로 하나님 아버지께서 절 위해 보내 주신 천사들임을 믿습니다. 그 동안 미워하기도 하고 싸우기도 했지만 결국은 사랑할 수밖에 없는 친구들을 보내 주셔서 정말 감사합니다. 우리는 다시 이렇게 소중한 시간을 가질 수 없을지도 모릅니다. 하지만 분명한 것은 이 순간을 모두 가슴 속 깊이 심어 둘 것이라는 사실입니다. 우리가 서로에게 얼마나 소중한 존재였는지, 우리가 얼마나 아름다운 추억을 나누어 가졌는지 오래도록 기억하게 될 것입니다. 그 기억은 또 얼마나 우리의 남은 삶을 풍성하게 하겠습니까? 주여, 부디 이들이 늘 건강하고 웃음을 잃지 않게 하옵소서. 그리고 무엇을 하든지, 어디에 가든지 이 아름다운 추억을 잊지 않게 하옵소서. 아멘."

루시의 기도가 끝나자 우리는 자연스럽게 서로의 손을 잡았다. 한 사람씩 돌아가면서 촛불을 껐다. 그리고 한 마디씩 축복의 말을 했다.

"메리 크리스마스."

"서로 사랑하자, 친구들아."

"그 동안 잘못한 게 있다면 용서해 줘."

"늘 건강해라."

"이 학교를 좋아한 건 오늘이 처음이야."

"너희를 사랑한다."

"메리 크리스마스."

내 차례가 되었다. 난 왠지 눈물이 나올 것 같았다.

"하나님, 감사합니다. 모두, 고맙다."

겨울방학에 집에 가긴 처음이었다. 아버지 가게가 잘 되어서 돈을 많이 벌었나 보다, 하고 생각했다.

서울에 도착할 때쯤 몹시 피곤해서 잠이 몰려왔다. 집은 긴장을 푸는 마법을 지닌 것 같았다.

그런데 집에 도착하니 온통 엉망이었다.

"맙소사! 재준아, 며칠 있으면 크리스마스인데 왜 이렇게 집이 지저분해?"

재준이는 잠자코 내 가방을 방에다 옮겨 주었다. 아버지가 빙긋이 웃으며 말했다.

"네가 좀 치워라. 남자 둘이 사니 청소하는 게 쉽지 않다. 먹는 것 해결하기도 바쁘니까."

"아줌마는?"

"아줌마는 이제 일 주일에 한 번만 온다."

"왜? 일 주일에 세 번 와도 모자라는데……."

아버지는 나더러 소파에 앉으라고 손짓을 하더니 차분하게 얘기했다.

"오자마자 이런 얘길 해서 좀 미안하지만, 그 동안 일이 좀 있었단다."

"무슨 일?"

"아빠가 친구 회사에 투자를 좀 했는데 말이다, 그게 좀 잘 못됐다. 그래서 절약을 해야 할 형편이다."

"얼마나 손해를 봤는데 그래요?"

"좀……. 게다가 내가 남의 돈까지 빌려다 주었기 때문에 그

돈도 갚아야 할 형편이거든."

"어머, 기가 막혀. 그 친구는 뭐하고 아빠가 그걸 갚아?"

"캐나다로 도망갔어."

그 때처럼 아버지가 답답해 보인 적은 없었다. 이혼을 하고 게다가 모아 둔 돈까지 날리다니.

"근데 왜 날 오라고 했어? 돈도 없는데, 그냥 학교에 있을 걸."

"이런 일을 당하고 보니까 무조건 돈을 아긴다고 부자가 되는 건 아니란 생각이 들더라. 하긴 내가 뭐 부자가 되려는 것도 아니지만. 보고 싶은 딸도 못 보고 살 필요가 뭐 있을까 하는 생각이 들었어."

"아빠도 참……."

"하지만 너무 걱정은 마라. 가게가 그럭저럭 잘 되니까 한 이 년이면 빚도 다 갚고 네 시집 갈 비용까지 저축할 수 있을 거다."

"아빠, 지금 무슨 시집 얘기야."

나는 피식 웃고 말았다. 아버지의 얘기대로라면 그다지 절망적인 상황은 아닌 듯했다.

한 달 남짓한 겨울방학은 금방 지나갔다. 큰 집에 가서 세배하고 세뱃돈을 받은 것으로 스웨터 한 벌과 두꺼운 면양말 세 켤레를 사는 것으로 새 학기 준비를 마쳤다. 아버지가 아홉 시에 출근하고 나면 재준이를 태권도 학원에 보내고 청소하고 설거지하고 세탁기에 빨래하는 것으로 하루가 다 갔다. 서투른 솜씨로 살림을 하려니 뭐 하나 쉬운 것이 없었다. 시장에서 장을 봐 와서 반찬도 만들고 국도 끓였다. 일에 싫증이 날 때마다 어머니를 생각했다. 어머니는 전화 한 통 없었다.

재준이 말에 의하면 그 전에 써 둔 전화번호는 더 이상 연결이 되지 않는다고 했다.

외삼촌에게 물어 보면 전화번호를 알 수도 있을 테지만 내가 성공한 다음에 당당하게 어머니를 찾아가고 싶었다. 말없는 소년으로 자라난 재준이를 지켜 보는 건 더욱 가슴이 아팠다.

엄마는 어떻게 지내실까? 우리 걱정을 하고 계실까? 까맣게 잊고 신나게 사시는 걸까? 나는 안 보고 싶어도 재준이는 보고 싶으실 텐데. 아마 엄마도 성공해서 보란 듯이 우리를 찾아오고 싶은지도 모른다. 그리고 이혼한 걸 후회하고 있을지도 모르지. 아니, 나 같은 골칫덩어리 딸은 더 이상 걱정하지 않아도 되니까 행복할 수도 있겠다.

집에 와서 쓴 일기에는 매일 어머니를 걱정하는, 또는 원망

하는 이야기가 적혀 있었다. 한 달간 집안 일만 하다가 학교로 돌아오자 홀가분하기도 했다.

학교에서는 수학여행 계획을 발표했다. 봄방학을 이용해 가고 싶은 사람만 가는 것인데 소련의 레닌그라드나 키로프 발레단을 방문하고 발레학교도 구경 가고 연습 장면도 지켜보고 발레 공연도 보는 코스였다. 나도 가고 싶었지만 500파운드가 넘는 비용이 부담스러워서 그냥 포기했다. 게다가 내 한국 여권으로 소련(옛 소비에트 사회주의 공화국 연방) 비자가 나올지도 의문이었다. 그 때만 해도 한국 사람이 중국이나 소련에 가는 것은 아주 어려웠다.

학교 전체에서 50명 정도가 신청을 했고, 그 아이들은 봄방학을 이용해 발레 여행을 떠나게 되었다. 예전 같았으면 너무 부러워서 눈물이 났겠지만 이제 집안 형편이 어렵다는 걸 알아서 그런지 별로 부럽지도 않았다.

5월 말, 런던에 가서 무용 졸업 시험 대신 인터미디어트 코스 시험을 치렀다. 'pass'라고 찍힌 종이를 받아들고 학교로 돌아오자 줄줄이 늘어선 학과 시험이 기다리고 있었다.

날은 점점 더워져서 친구들은 잔디밭에 나가 선탠을 하면서 공부를 했다. 곧 헤어지게 된다는 생각 때문인지 모두들 다정하게 대했다. 한 달에 걸쳐 시험을 치르기 때문에 다들 공부하느라 바빠서 친구와 부딪칠 일도 생기지 않았다. 시험은 과목별로 날짜가 다 다르고 또 선택 과목이 각자 다르기 때문에 시험이 끝나는 날도 다 각각이었다. 게다가 한 과목을 이틀, 사흘에 걸쳐 보기도 해서 나중엔 아이들이 모두 지쳤다. 물론 수업도 들어가야 했다.

수학 같은 과목은 난이도별로 시험 날짜가 달라서 시험지 세 장을 봐야 했다. 그 중 한 장은 시험 문제가 안 쓰여 있고 선생님이 문제를 불러 주었다. 한 문제를 불러 주고 3, 4분 지나면 다음 번 문제를 불러 주는 식이었다. 듣고 푸는 문제는 대개 열 개 정도로 30분 안에 다 끝내야 한다. 자신 있는 문제는 얼른 풀고 어려운 문제는 나중에 천천히 풀던 '전략'이 전혀 통하지 않는 시험이라 나에겐 정말 진땀나는 30분이었다.

프랑스어는 하루는 번역 시험, 하루는 말하기와 편지쓰기 시험을 봤다. 프랑스어는 까다롭고 자신이 없어서 난 알렉산드라의 요점 정리 특강을 들어야 했다.

알렉산드라는 문법과 중요한 문장을 정리한 노트를 따로 가지고 있었다. 나는 그 노트를 보면서 알렉산드라의 설명을 들었는데 노트 맨 뒷장에 프랑스어로 된 시(詩)가 한 편 있었다.

공부에 짜증이 난 나는 그걸 읽어 보았지만 잘 이해가 되지 않았다.

"알렉산드라, 이거 해석 좀 해 봐."

나는 시의 가운데 연을 가리켰다. 알렉산드라는 천천히 번역을 했다.

나는 온통 이슬에 젖으며 왔다

(J' arrive tout couvert encore de rosee)

아침 바람이 내 이마에 맺힌 이슬을 얼게 했다

(Que le vent de matin vient glacer a mon front)

허락해 주오. 그대 발 밑에 앉아 쉬고

(Souffrez que ma fatigue a vos pieds reposee)

잠깐 동안 꿈꾸며 피로를 풀도록

(Reve des chers instants qui la delasseront.)

– 「Green」, 폴 베를렌(Paul Verlaine)

아름다운 시였다. 잠시 시험의 공포에서 벗어나 아늑해졌다. 그게 예술의 힘이었다.

시험은 강당에서 봤다. 시험을 보고 한꺼번에 나올 때면 아이들은 저마다 '이제 일 주일만 있으면 끝이다.', '이틀 남았다.', '세 과목 남았다.' 라고 외쳤다. 나는 6월 26일에 마지막 시험을 보게 되었고, 비행기 표는 27일로 예약했다. 친구들을 생각하면 조금 아쉬웠지만 아무튼 하루라도 빨리 떠나고 싶었다.

시험이 일찍 끝난 애들은 수업도 안 들어오고 자유롭게 놀러 다니면서 지냈다. 여름 학기는 원래 7월 10일에 끝나지만 5학년 2년차는 G.C.S.E만 끝나면 학교에 남든지, 수업에 들어가든지, 집에 가든지 맘대로였다.

나는 마지막 시험인 종합과학 시험지를 제출하고 곧바로 기숙사로 와서 짐을 쌌다. 그리고 책, 참고서, 교복, 싫증난 옷들을 모두 복도에 내놓고 팔았다. 서울에서 5천 원에 산 티셔츠를 7천 원에 팔기도 했다. 후배들이 하나씩 다 사 가서 오랜만에 난 부자가 되었다. 어떤 애는 나한테 와서 무용복 팔 건 없냐고 묻기도 했다. 그래서 내 낡은 리어타드를 보여 줬더니 얼마냐고 묻기에 10페니만 받고 팔았다. 난 그냥 버릴 생각이었으니까.

교복을 팔면서 학교 마크는 떼어서 내가 기념으로 가졌다. 프랑스어 책과 역사책, 프랑스어 참고서, 역사 참고서는 새 걸 사려면 꽤 비싼, 두꺼운 책들이어서 매우 인기가 좋았다. 난 삼분의 일 값에 내놓았는데 사겠다는 애가 책 하나에 두세 명씩 붙어서 경매라도 벌어질 것 같았다. 나는 동전 던지기를 해서 임자를 정해 팔았다.

알렉산드라는 시험이 7월 8일에 끝나서 짐 싸는 걸 못 도와 준다고 미안해했다. 하지만 누가 도와 줄 필요도 없었다. 많은 걸 팔아치운 데다가 난 짐 싸는 데는 이미 익숙해져 있었다.

밤에 친구들이 몰래몰래 내게 와서 선물과 카드를 주고 갔다. 그 중에서 가장 인상적인 건 박하향이 나는 차였다. 박스 안에 든 100개의 찻봉지에는 친구들의 사인이 조그맣게 쓰여 있었다. 카드와 크고 작은 이별 선물은 짐을 꾸리는 데 혼란을 가져왔다. 가방에는 선물을 넣을 공간이 없었기 때문이다. 하는 수 없이 튼튼한 쇼핑백을 얻어 그 속에 선물을 넣었다.

잠을 자려고 누웠지만 머릿속엔 온갖 생각이 가득 차 있어 쉽게 잠이 오지 않았다.

나는 다시 일어나 화장실에 가서 일기를 썼다. 이제 서울에 가면 일기 같은 건 안 쓸 작정이었다. 마지막 일기였다. 내가 영국 생활을 끝까지 할 수 있었던 건 일기의 힘도 있었다.

이제 더 이상 집에 가는 게 즐겁지만은 않다. 친구들과 함께 있는 게 더 나을지도 모르겠다. 서울에 가면 친구들이 보고 싶을 것이다. 이 이기장도 그리울 테지. 이 화장실도······.

영국에 처음 와서 신기해하던 기억, 애들이 날 놀리던 일, 집이 그리워 밤마다 베개를 적시던 일, 첫 여름방학, 친구들의 데이트,

발레 연습, 스페인 춤 대회에 나갔던 일, 교회, 촛불 모임, 독이 발음의 수학 선생님을 놀리던 일, 턴 아웃이 안 되어 고민하던 기억, 루펏을 짝사랑한 일, 실기 시험에서 1등한 일, 루시의 아버지, 조지 어머니, 지겨웠던 늑대 역…… 아, 돌이켜보니 추억이 너무 많다. 그 추억들을 두고 가야겠다. 가지고 가면 서울에서의 생활이 너무 혼란스러울 거다.

여길 떠나게 될 날이 오다니, 이런 날이 진짜 오다니……

이 학교를 떠나는 게 과연 잘하는 일인가? 학교 안에서 모든 것을 해결하고 선생님들의 보호를 받고 지내 왔는데 바깥 세상에서 내가 과연 잘해낼 수 있을까?

침대에 누워서도 이런저런 생각 때문에 뒤척이다 새벽녘에 잠깐 잠이 들었다가 곧 깨고 말았다.

얼른 아침을 먹고 짐을 기숙사 문 앞에 내려다 놓았다. 택시가 올 때까지 친구들을 보러 메를 파크 스튜디오로 갔다.

발레 수업을 받고 있던 친구들이 날 발견하고 힐끔힐끔 쳐다보았다. 그 애들의 표정만으로 난 충분히 우정을 느낄 수 있었다. 엠마와 로지는 울먹이고 있었다. 그걸 보자 더 이상 수업을 지켜볼 수가 없었다. 짐을 사무실 앞으로 옮겨놓고 선생님들께 작별 인사를 했다.

택시를 기다리고 있는데 무용복을 입은 친구들이 우르르 달려왔다.

"어떻게 나왔니? 아직 수업 끝날 시간이 아닌데."

무용복을 입고 스튜디오 밖으로 나오는 건 금지 사항이었다. 하지만 친구들은 단체로 규칙을 어기고 나와 작별 인사를 하러 왔다. 친구들은 너도나도 한 마디씩 했다.

"우리가 선생님께 부탁했어. 십 분만 일찍 끝내자고."

"오늘 제인이 한국으로 가기 때문에 언제 다시 만날지 모른다고 막 사정했지."

"선생님이 허락하자마자 뛰어왔어. 너 갔을까 봐 걱정하면서."

난 어쩔 줄 몰라하며 서 있었다. 그 때 택시가 도착했고, 운전사는 내 짐을 트렁크에 실었다. 더 이상 우물쭈물할 시간이 없었다.

나는 친구들을 한 명씩 껴안아 주었다.

"안녕, 제인."

고작 세 명과 인사했는데 나도 모르게 눈물이 나오기 시작해서, 난 계속 친구들 무용복에 눈물을 묻히면서 작별 인사를 했다. 나에게 못되게 굴었던 애들은 진심으로 사과를 했고, 나도 그 사과를 기꺼이 받아들였다.

비행기 시간을 알고 있는 운전사는 두 번이나 경적을 울리면서 날 재촉했다. 마지막으로 알렉산드라와 힘껏 껴안은 뒤, 난 택시에 탔다.

택시에 탄 나는 더 이상 울음을 참지 못하고 엉엉 울면서 유리창을 열고 손을 흔들었다.

"안녕, 친구들아. 안녕, 엘름허스트."

비행기를 타고 오면서 나는 서울에 가서 할 일을 생각해 보았다.

가장 먼저 어머니에게 전화를 해야겠다고 생각했다.

'엄마, 나 졸업했어. 이제 또다른 도전이 시작될 거야.'

그렇게 말하리라 생각하며 창밖을 내다보았다.

구름이 천천히 흘러가고 있었다. 난 이제 더 이상 울보 제인이 아니었다.

꿈은 꾸는 것이 아니라
키우고 이루어 가는 것

세상의 많은 직업 가운데 발레리나를 부러워한 적이 있었습니다. 그들은 늘 아름다워 보였습니다. 가녀린 듯하지만 탄력 있는 팔다리와 고운 목선, 꿈결 같은 음악에 맞추어 진짜 하늘로 날아오를 듯 무대에서 도약하는 모습들은 우리와 같은 세상에서 사는 이라고 믿기 어려울 만큼 황홀했습니다.

발레리나가 멋지다는 걸 알았을 때 이미 나는 몸이 너무 굳었고, 아무리 너그럽게 보아도 발레를 할 몸매가 아니었습니다. 그러던 어느 날, 나는 딸에게 발레를 배우게 해야겠다는 생각을 했습니다. 우리 딸이 '튀튀(Tutu : 발레 할 때 입는, 주름이 많이 잡힌 스커트)'를 입고 포르르 날아다니는 모습을 보면 얼마나 행복할까 상상하며 딸을 꼬드겼습니다. 그러나 딸은 나와 생각이 달랐습니다. 발레를 배우고 싶지 않다고 했습니다. 그래서 나는 발레하는 언니들을 보면 생각이 달라질 거라면서 딸을 끌고 발레 스튜디오로 갔습니다. 우린 문을 열어보지도 못하고 창문으로 몰래 들여다보기만 했습니다.

창문 너머로 발레 기초 동작을 연습하는 소녀들이 보였습니다. 우리 딸은 까치발을 들고 그 안을 들여다보더니 곧 휙 돌아섰습니다. 저렇게 팔을 높이 쳐들고 다니면 팔이 무척 아플 것이 틀림없으니 발레는 하지 않겠다고 했습니다.

그때 나는 무척 실망스러웠습니다. 하지만 그 후 발레를 하는 한 소녀를 알게 되고, 이런저런 얘기를 듣고 나서 딸의 그 오만한 결정을 지지하기로 마음을 바꾸었습니다. 그 날아갈 듯한 아름다움 뒤에는 발톱이 빠지는 고통의 시간들이 숨겨져 있다는 걸 알게 되었던 것입니다.

우연히 영국에서 발레를 배우는 소녀를 알게 되었습니다. 그리고 그 소녀의 일기를 바탕으로 1991년에 『가슴 속엔 박하향』이라는 책을 펴낸 적이 있습니다. 발레리나를 꿈꾸던 그 깜찍한 소녀도 이제 어른이 되었겠지요. 유학을 마치고 다시 우리 나라로 돌아와 뮤지컬에 출연하던 그녀는 몇 년 전부터 연락이 끊겼지만 아마 이 책이 나오면 내게 다시 연락을 해 오리라 생각합니다.

어린 학생들이 외국 유학을 많이 떠나는 요즘, 그 학생들이 겪는 어려움도 차근차근 들여다볼 때라는 생각을 했습니다. 그래서 묵혔던 책을 꺼내 손질해서 다시 썼습니다.

우리 나라든 외국이든 십 대는 참으로 힘들게 지나갑니다. 이 귀한 시절을 알뜰하고 소중하게 보내라는 부탁을 여러분에게 하고 싶습니다.

십 대는 꿈도 많지만 걱정도 많은 시기입니다. 하고 싶은 것, 배우고 싶은 것도 많은 반면, 방황을 하거나 유혹에 빠지기도 쉬운 시절이지요. 저도 그런 십 대를 보냈고, 어른이 되어서야 그 시기가 한 사람의 일생에서 얼마나 중요한지 깨닫게 되었습니다.

꿈은 꾸는 것이 아닙니다. 꿈은 키우고 이루어 가는 것입니다.

북촌 청연당에서 2006년 늦가을
임정진

〈푸른도서관〉에서 만나는 책따세 추천도서, 함께 읽어 보세요!

임 정 진

1963년 서울에서 태어나 이화여자대학교에서 국어국문학을 공부했다. 1986년 마로니에 여성 백일장에 장원으로 입상하였고, 1988년 '계몽사 아동문학상'을 수상하면서 작가로 활동하기 시작했다. 지은 책으로 동화책 『개들도 학교에 가고 싶다』, 『나보다 작은 형』, 『강아지 배씨의 일기』, 『개구리의 세상 구경』, 『상어를 사랑한 인어 공주』 등과 장편소설 『행복은 성적순이 아니잖아요』, 『지붕 낮은 집』, 『발끝으로 서다』 등이 있다. 홈페이지_ www.storypocket.com

푸른도서관은 10대에서 20대까지 눈부신 성장을 거듭하는 푸른 세대를 위한 본격 문학 시리즈입니다.

＊〈푸른도서관〉시리즈는 계속 나옵니다!